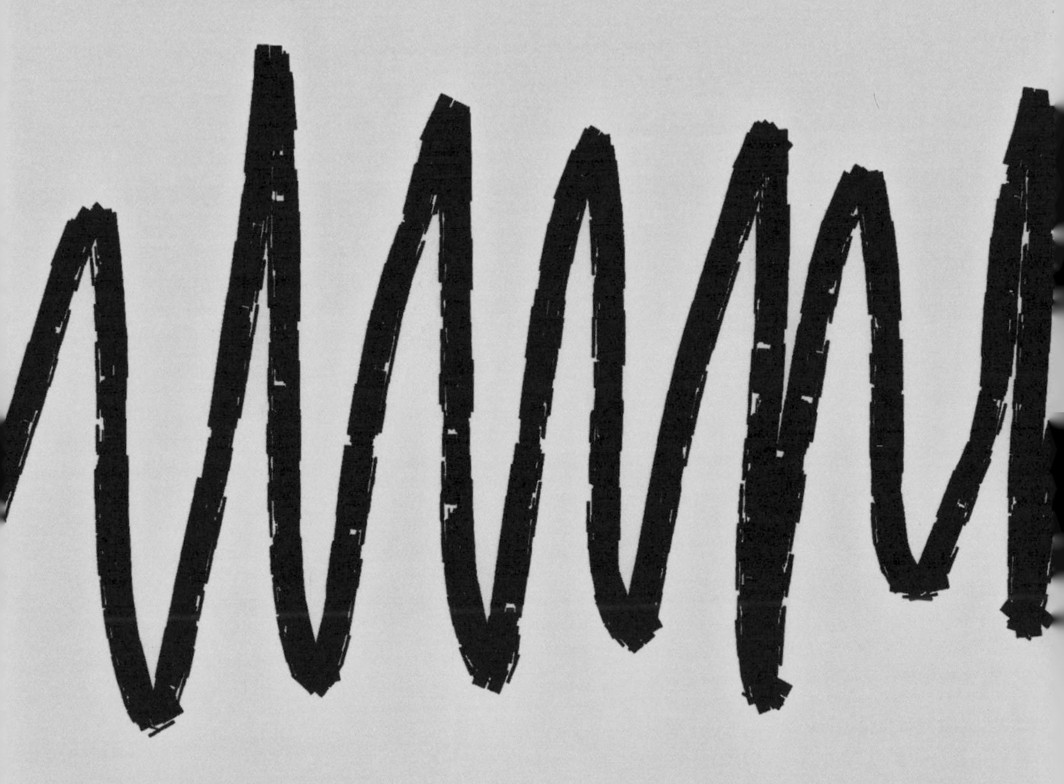

CB003232

WALCYR CARRASCO

MEU LUGAR NO MUNDO

1ª EDIÇÃO

1ª edição, 2022

DIREÇÃO EDITORIAL	Maristela Petrili de Almeida Leite
COORDENAÇÃO DE EDIÇÃO DE TEXTO	Marília Mendes
EDIÇÃO DE TEXTO	Ana Caroline Eden, Thiago Teixeira Lopes
COORDENAÇÃO DE EDIÇÃO DE ARTE	Camila Fiorenza
PROJETO GRÁFICO E DIAGRAMAÇÃO	Túlio Cerquize
ILUSTRAÇÃO DE CAPA E MIOLO	Túlio Cerquize
IMAGEM DA CAPA	Estatueta em miniatura de um menino: © Bernard Jaubert/imageBROKER/Fotoarena
COORDENAÇÃO DE ICONOGRAFIA	Luciano Baneza Gabarron
PESQUISA ICONOGRÁFICA	Cristina Mota
COORDENAÇÃO DE REVISÃO	Thaís Totino Richter
REVISÃO	Nair Hitomi Kayo
COORDENAÇÃO DE *BUREAU*	Everton L. de Oliveira
PRÉ-IMPRESSÃO	Ricardo Rodrigues, Vitória Sousa
COORDENAÇÃO DE PRODUÇÃO INDUSTRIAL	Wendell Jim C. Monteiro
IMPRESSÃO E ACABAMENTO	A.S. Pereira Gráfica e Editora EIRELI LOTE: 802379 - Código: 120003199

Consultoria: Eduardo Morales, jornalista investigativo
Agradecimentos: Rogério Cosmo, Susane Strauch Calmon Nogueira da Gama

Dados Internacionais de Catalogação na Publicação (CIP)
(Câmara Brasileira do Livro, SP, Brasil)

Carrasco, Walcyr
Meu lugar no mundo / Walcyr Carrasco ;
1. ed. – São Paulo, SP : Santillana Educação, 2022. – (Do meu jeito)

ISBN 978-85-527-1774-4

1. Literatura infantojuvenil I. Título. II. Série. II. Título. III. Série.

22-104139 CDD-028.5

Índices para catálogo sistemático:
1. Literatura infantojuvenil 028.5
2. Literatura juvenil 028.5

Eliete Marques da Silva - Bibliotecária - CRB-8/9380

Editora Moderna Ltda.
Rua Padre Adelino, 758 – Quarta Parada
São Paulo – SP – CEP: 03303-904
Central de atendimento: (11) 2790-1300
www.moderna.com.br
Impresso no Brasil
2025

DEDICADO A ALFREDO, QUE ME
INSPIROU A ESCREVER ESTE LIVRO.

SUMÁRIO

VIDA
INTERROM-
PIDA

Conheci Alfredo quando eu tinha pouco mais de vinte anos. Eu era um ou dois anos mais novo que ele. Eu já trabalhava como redator. Ele estudava — embora, como descobri depois, fazer universidade não estivesse em seus planos. Na verdade, não tinha plano nenhum para a própria vida. Ficamos amigos. Conversávamos horas e horas. Gosto de ter um ouvido acolhedor. Meus amigos sempre gostaram de falar sobre a própria vida. Seus sonhos. Na época, sem tanta experiência de vida, eu distribuía palpites. Errava muitas vezes. Tentava, no mínimo, oferecer um abraço.

Mas meu abraço era pequeno para Alfredo.

— Eu não mereço viver — dizia.

Insisti em saber por quê. Garantiu que não tinha inteligência. Nem qualidades. Garanti, muitas vezes, que ele tinha, sim, muitas qualidades. Inteligência. Garanto, até hoje. Além de inteligente, tinha uma sensibilidade incrível.

Mas ele não acreditava em si mesmo.

Tratava-se com psiquiatras. Mas mudava frequentemente de profissional, não dava sequência ao tratamento e, por isso, não fazia efeito. Defendia-se dizendo que não havia gostado, ou que os horários eram ruins. Qualquer desculpa servia. A verdade é que fugia de qualquer tratamento. Tinha tentado o suicídio duas vezes, tomando remédios para dormir. Como conseguia, não sei. As duas tentativas aconteceram de maneira semelhante. Hospedava-se em um hotel. Engolia os remédios, em excesso. Foi salvo ambas as vezes. Na última, a direção do hotel o atirou na rua. Para eliminar o risco de morrer em suas dependências. Foi levado por uma ambulância que alguém chamou. Salvo.

De volta ao apartamento onde morava com o pai e a avó, Alfredo não superou a depressão.

Ao longo da vida, conheci muitas pessoas deprimidas. Algumas eram simpáticas e populares. Guardavam a própria depressão para si mesmas. Outras traziam uma angústia no olhar. Uma angústia profunda, que não consigo descrever. Alfredo era bonito, parecia apenas um rapaz sensível, gentil.

Por que sentia que "não merecia viver?". Com mais experiência de vida, mais maduro, hoje eu insistiria em descobrir o motivo. O que havia de tão sombrio em sua vida. Em seu passado? Ele não conseguia dizer. Aspectos sombrios, todos nós temos. Dores que ficam guardadas em um bauzinho lá no fundo da gente. O tamanho de cada dor só a pessoa sabe. Com frequência, o que parece um dinossauro, gigantesco, não tem sequer o tamanho de um inseto. Quem está de fora pode ajudar a ver, a pensar. Descobrir a verdadeira dimensão. Superar. Mas para Alfredo o peso era estarrecedor.

Eu era muito amigo de seu primo, Zé Antônio. Meu colega de faculdade. Tentamos estimular Alfredo a criar um projeto de vida. Algo pelo que lutasse. Respondia que só queria ter um salário, sem pretensões. Prestou concurso público. Para carteiro. Para nossa surpresa, não passou.

Atualmente eu entendo. O que parecia um concurso fácil para mim, não era para ele. As travas psicológicas eram muito grandes. Não pôde suportar a pressão embutida na concorrência, na realização de um concurso público.

Eu próprio fazia terapia. Através dela, me tornei mais construtivo. Aprendi a investir no meu sonho de ser escritor. Talvez tudo isso fosse acontecer, mas, sem dúvida, as sessões e reflexões sobre mim mesmo, no mínimo, aceleraram meu processo. Tinha total confiança na profissional. Encaminhei Alfredo para ela. Não houve empatia. Então, ele tentou outro, que também indiquei. Mudou várias vezes de terapeuta.

Mas não permaneceu, nem se aprofundou, em nenhum. Retornou ao tratamento psiquiátrico tradicional, como antes.

Aos poucos, ele se afastou de todo convívio social. Já não saía mais com a turma. Nem em baladinhas. Em seu aniversário, me convidou. Para a minha surpresa, de todos seus amigos, eu era o único convidado. Nem seu primo foi. Ficamos em seu quarto, comendo bolo. Enquanto a avó, o pai, os tios e as tias comemoravam na sala.

Disse, então, que eu era seu único amigo.

Essa mesma festa de aniversário se repetiu por três anos. Somente eu e ele, com dois pratinhos de bolo no colo, conversando no chão de seu quarto. O barulho vindo da sala. Eu tentava falar das coisas boas da vida. Dos contos infantis que começava a escrever. Do meu trabalho. Do meu apartamento. Dos amigos. Seu primo, cineasta, se preparava para rodar o primeiro filme.

Mas Alfredo olhava tudo como um espectador.

Como se não fizesse parte da vida. Do lugar onde eu, seu primo, os outros, criávamos, amávamos. Eu insistia. Dizia que havia tanta coisa incrível. Ele permanecia na atitude de negação.

No ano seguinte, eu estava fora em seu aniversário. Soube que ele me procurou, e não conseguiu me encontrar para fazer o convite. (Foi muito antes da época dos celulares.) Eu não soube a tempo, não fui.

Teria sido nosso último encontro.

Os meses tinham esfiapado nossos encontros, reduzidos às tristes festas de aniversário. Repito, numa época anterior aos celulares. Eu estava mergulhado em meu primeiro emprego em jornalismo. Escrevia ficção nos fins de semana. Mal tinha vida social também.

Passaram-se muitos meses, até eu encontrar seu primo Zé Antônio. Também não o via há tempos.

— E o Alfredo? Como vai? — perguntei.

Era uma pergunta para iniciar a conversa. Em seguida, ia confirmar o telefone, para visitá-lo. Reatar a amizade.

— Ele se matou.

Foi um choque. Não consegui formular novas perguntas. Durante muito tempo, não vi mais Zé Antônio, porque a vida de cada um tomou um rumo diferente. Nunca soube de tudo o que aconteceu com Alfredo. Mas o que eu já sabia era suficiente para perceber. A negação da vida. A vontade de sumir.

Muitos anos se passaram. Eu tive e tenho uma vida cheia de realizações, de sonhos que se concretizaram. Já pensei muitas vezes que Alfredo também poderia ter tido uma vida linda. Realizações no trabalho, um grande amor. Talvez hoje tivesse netos! Bastou um gesto, para ele jogar fora todas as possibilidades de viver seus sonhos.

Quando fui convidado para escrever este livro, desde o princípio, eu sabia que falaria dos sentimentos que ainda estavam dentro de mim. Em minha vida, conheci outras pessoas que partiram por vontade própria. Através de Alfredo, entendi o profundo vazio, a dor tão grande, a angústia por trás de cada gesto definitivo.

Mais que tudo, com este livro quero acender uma chama, dizer que todos os problemas, até os mais terríveis, podem ser superados. O segredo é nunca mergulhar nas sombras, mas buscar sua parte luminosa. Com ela, a vida ganha mais cores, sons, beleza.

Eu e Alfredo criamos um profundo laço afetivo. Ele jamais me magoaria, eu sei. Como eu nunca quis magoá-lo. Tenho certeza de que ele não tinha a dimensão da dor que seu gesto provocou. Em sua avó. Em seu pai. Em seus familiares. Em mim.

Toda pessoa tem importância para alguém. Todo ser humano é um ponto de luz que reflete no coração de outro ser humano.

Muitos anos se passaram, mas ainda penso em Alfredo. Em seus gestos, seu sorriso, seu olhar. Ainda me pergunto se poderia ter feito alguma coisa. Ajudá-lo a reencontrar a vontade de viver.

O corpo pode partir. Mas os laços afetivos não acabam jamais. É assim com mãe, pai, irmãos, amigos, amores...

Alfredo continua vivo dentro de mim. Eu queria estar conversando com ele agora, falando da vida... e de sonhos que sempre ressurgem. Ele se foi muito cedo. Eu sei, sinto do fundo do meu coração, que ele também teria descoberto como é maravilhoso viver.

Walcyr Carrasco

CAPÍTULO 1

EXTRATERRESTRE

MUITAS VEZES JÁ ME SENTI COMO UM EXTRATERRESTRE. Li que há muitos neste mundo, disfarçados de humanos. Os próprios ETs não sabem que o são, até um certo momento da vida. Um dia cada um vai descobrir sua verdadeira identidade e poder. Para realizar uma missão que nem imaginava qual seria. Já tinha ouvido dizer que grandes figuras da História eram ETs. Muitos fizeram a civilização avançar. Só que deviam viver em segredo absoluto. Em uma grande solidão. Já pensou, estar sozinho na Terra? Seus amigos, família, a um milhão de anos-luz? Eu tinha dúvidas, pode ser que nem fosse extraterrestre. Não daria pra saber, apesar de minha curiosidade ser enorme. Até teria topado ser abduzido, levado para outro planeta.

EU NÃO ME ENCAIXAVA NESTE MUNDO.

NÃO QUERIA SER COMO AS OUTRAS PESSOAS.

MEUS PAIS FALAVAM MUITO DO MARAVILHOSO FUTURO QUE EU PODERIA TER. SÓ ME ASSUSTAVAM. ERAM AS IDEIAS DELES, NÃO AS MINHAS!

Eu não tinha ideia do que queria ser no futuro. Que tipo de vida teria. E se fosse realmente de outro planeta? Quem sabe, ainda iria descobrir minha missão e, então, tudo certo!

Tinha a impressão de que fazia tudo errado! Viviam me comparando com Ariel, meu irmão. Ele sim! Era o exemplo da casa, da família, do bairro e da escola. Ariel é dois anos mais velho que eu. Sempre fomos completamente diferentes. Poderíamos ter nascido com dois milênios de diferença! A gente nunca tinha sido próximo. Ariel andava com sua turma, que não tinha nada a ver com a minha. Quando a gente era mais novo, só brincava com os primos (na época minha tia morava perto). Ele me deixava largado num canto, enquanto eles jogavam bola, se divertiam. Só me chamava para brincar se minha mãe mandasse. Estudávamos na mesma escola. Mas cada um com seus amigos. Ariel era muito popular. Todo mundo queria ser amigo dele. Eu só tinha quatro gatos pingados como amigos.

Todo mundo dizia que ele era adulto para a idade. Que tinha juízo! Enquanto eu... adivinhem! É como eu disse. Sempre era o errado da família.

Nós dois dividimos o mesmo quarto até hoje. Uma das paredes é lotada de medalhas que Ariel ganhou na natação. Tem também uma estantezinha de troféus. Torneio disso, torneio daquilo. O meu lado estaria vazio, não fossem umas fotos da gente criança que mamãe pendurou (nem gosto porque enquanto meu irmão sorria muito simpático em todas as fotos, eu sempre estava com cara de coisa nenhuma). Tem também meu diploma escolar... mais o pôster de um guitarrista. Eu tentei botar na parede a foto de uma atriz que achava linda, mas ela estava de biquíni e mamãe não deixou. (Agora só me responda: tem graça botar foto de atriz se não for de biquíni?) Meu lado do quarto sempre foi bem bagunçado, reconheço. O do meu irmão, certinho. Ouvia o tempo todo que ele era um exemplo na arrumação. Até a cama ele fazia perfeita, enquanto eu sempre levantava atrasado (ficava na cama dizendo "mais cinco minutos, mais cinco minutos...", e o horário virava tragédia), arrumava a cama mal e mal. "Parece mais uma toca de bicho do que uma cama", reclamava mamãe.

O maior tesouro da casa estava (e permanece até hoje) no lado de Ariel. O videogame, com uma televisão! Tudo só dele. Comprou com a grana de um prêmio que ganhou num campeonato, mais um tantinho que papai ajudou. Só porque papai deu essa força, ele tinha obrigação de me deixar jogar também. Mas não demonstrava nenhuma boa vontade. Eu só podia jogar quando ele não queria. Eu era doido por ter um videogame, meu e meu, só meu! Meu pai já tinha avisado. Estava fora de cogitação.

Videogame para mim era uma porta para outros mundos. Realidades paralelas. No jogo, é possível roubar um banco; lutar contra alienígenas; entrar em um mundo de fantasia. Minha esperança era que meu irmão ganhasse muitos campeonatos. Comprasse um modelo mais avançado. Quem sabe eu não "herdaria" o dele?

Ariel praticava natação há muito tempo. Era campeão. Corpo atlético. Ombros largos. Barriguinha de tanque. Eu nunca fui um ás dos esportes. Cheguei a pensar em ser jogador de futebol. Mas foi mais um pensamento, porque queria ser rico e famoso o mais rápido possível. Entrei para o time da escola. O fim da minha carreira esportiva foi quando marquei um gol contra! Era uma partida importante. Nunca me perdoaram. Até *hater* apareceu na internet, falando horrores de mim. Estavam com nomes *fakes*, mas eu sabia que era o pessoal do time. Tudo bem, tudo bem. A gente não pode dar importância pros *haters*. Só querem falar mal. Destruir. Mas abrir o computador e ser xingado todos os dias, também não é fácil. Desisti do futebol. Continuei jogando nas aulas de Educação Física, porque era obrigatório. Algum dia voltarei aos esportes. Penso muito numa luta marcial. Mas, como explicarei já já, as despesas em casa estavam contidas. Nada de escolinha de judô, kempo, jiu-jítsu. Mesmo que houvesse dinheiro. Meu pai diz que eu começo e logo desisto. Que tudo pra mim é "fogo de palha". Não queria ser assim.

Mas é verdade. Às vezes, me entusiasmo no começo. Depois perco a vontade de continuar!

Meu irmão devia ser meu exemplo. Segundo acreditava minha família.

Exemplo como, se éramos tão diferentes? Já falei do físico atlético do meu irmão. Eu? Antes, era baixinho e gordinho. Há dois anos comecei a espichar. Sem aviso prévio, cresci. Minhas pernas ficaram magras e compridas. Tipo uma cegonha. (Nunca vi uma cegonha de perto, mas pelas fotos... minhas pernas são iguais às delas.) Pior, cegonhas tem bicos compridos. Eu tenho nariz! Pronto! Meu nariz também espichou! Como o de meu avô! (Que saudade.) Eu cresci muito. Mas meu irmão continuou mais alto do que eu. Resultado: passei a herdar suas roupas. Nunca serviam exatamente. Tinha que dobrar as mangas dos moletons, puxar as calças pra cima, dobrar e prender na barriga. Eu ficava sem jeito na escola, com medo de as calças caírem a qualquer momento. Mas a ordem era reaproveitar as roupas. Quando eu reclamava, dizia que as roupas eram grandes para mim... Ariel me chamava de "baixinho"! Um sufoco.

Na adolescência, uns crescem depressa, outros demoram pra se desenvolver. É bizarro. Um dos meus melhores amigos, Daniel, tinha o corpo de um adulto. Até uma barbinha cresceu. Outro, Jonathas, continuava com cara de criança. Parecia um garotinho, embora nunca tivesse um comportamento infantil. Sempre foi um cérebro. (Acho que vai concorrer nas Olimpíadas de Matemática. Eu admiro. Só não sei como alguém é capaz de se apaixonar por Matemática! Mas cada um com sua paixão, certo?)

Eu já queria ter barba e bigode. O tempo parecia passar muito devagar. Queria que os anos acelerassem. Há várias teorias sobre o tempo. (Sou maluco por entender o universo.) Einstein. Sei que até o nome assusta. Mas o que eu entendia do que ele dizia era massa. (Não que eu entendesse muito. Mas o assunto me interessava e fiz um esforço super mega extra para captar alguma coisa.) Era um gênio, talvez fosse até extraterreste. Apenas uma opinião. Até onde foi provado, era terráqueo mesmo. Segundo Einstein, o tempo é relativo. Dizia que o tempo depende de espaço. Se alguém fosse para o espaço e ficasse vários anos, quando voltasse estaria mais novo do que quem ficou. O tempo acontece de maneira diferente aqui na Terra e no espaço. A gente também sente o tempo de maneira relativa. Exatamente o que eu dizia antes. Tipo: a infância é uma fase demorada. Eu queria ser adulto de uma vez. Agora, a adolescência, demora muito mais pra passar. Mas... eu me lembro que meu avô dizia que, na velhice, o tempo passa depressa. Simplificando: se eu estivesse numa baladinha, dançando, nem notaria a passagem das horas. Se me atirassem numa fogueira, um minuto valeria por um século enquanto tentasse me livrar das labaredas. (Não é um exemplo que Einstein daria, acho. Mas vale.) Pré-adolescência, adolescência... queria que tudo passasse logo. Decidir minha vida!

Há tanta coisa que eu desejava fazer! Sabia que teria de pensar em faculdade... profissão, trabalho... logo, loguinho. Tanta, tanta coisa. Eu não sei como queriam que eu já escolhesse uma profissão para o resto da vida! Eu nem conhecia as profissões direito, ainda não sabia do que gostava ou não gostava! (E, pra dizer a verdade, só estou descobrindo agora!)

Mas havia algo mais urgente e necessário que tinha a ver com minha vida toda. Não contava pra ninguém. Era *Top secret*. Eu era BV. Traduzindo: boca virgem. Nunca tinha beijado.

Óbvio que dizia aos amigos que já tinha dado dezenas, centenas, milhares de beijos. Inventava garotas, loucas, desesperadas pra me beijar. Dizia que meus beijos eram o máximo, iguais a um desentupidor de pia. Meus amigos também garantiam que beijavam muito. O Dan até fez posts na internet, com fotos de shorts, pedindo para as garotas curtirem. Também dizia que elas eram loucas por ele. Igual a mim. Portanto, muito suspeito. Pra mim, o Dan não passava de um biscoiteiro, querendo aparecer. Se fizesse tanto sucesso com as garotas, eu, como amigo, não conheceria alguma delas? Sei não... Quase tinha beijado, uma vez. Na despedida de uma festa de aniversário, eu deixei meus lábios escorregarem da bochecha da Lucília para seus lábios. Tipo, fui dar um beijinho no rosto e errei. Deu até pra sentir um molhadinho. Mas ela nem percebeu, de tão rápido que foi. Na prática, não contava como beijo.

Sempre chegava nas garotas, conversava. Era muito amigo da Amanda, que estudava comigo desde pequena. Há uns meses, ela se desenvolveu demais. Ficou com um corpão. (É engraçado. Ela sempre foi pequena, mirrada e de repente virou um mulherão.) Mas, pra mim, continuava a amiga de sempre. Confesso: foi a única que me convenceu a brincar de bonecas, algumas vezes, há anos. Mas não contou a ninguém, prova de que era amiga de verdade. Na escola havia muitas meninas. Todas muito simpáticas comigo. Houve uma época em que eu pensava: "Será que vou ter uma chance?". Mas caía na real. Elas até vinham puxar conversa. Quando me preparava para dar o bote, convidar pra sair... elas diziam:

— Seu irmão é um gato!

SEMPRE, SEMPRE MEU IRMÃO! Amanda me explicou. Todas queriam conhecer meu irmão, que era o grande atleta da escola. O campeão de natação. Além do mais, hiper simpático. Sociável. Acham que é fácil ser adolescente, ou pré-adolescente? Eu estava com os hormônios a mil, como disse uma psicóloga com quem conversei uma vez. Mas as garotas da minha idade ficavam interessadas nos garotos mais velhos. Eram raras as exceções. E, também, não me interessava pelas menores que eu. Eram muito crianças! Estava à espera dos 14 anos completos. Depois dos 15. Aí, sim, teria mais chances! Todos os dias me examinava no espelho. Se ao menos tivesse uns fios de barba!

Falei, falei, falei. Ainda não disse meu nome. É Aleph. Não é comum. Mas gosto. Muita gente pergunta, até hoje: "Onde seus pais foram achar um nome tão diferente?".

Aleph é um nome especial. Poderoso.

CAPÍTULO 2

O IRMÃO PERFEITO

ALEPH É O NOME DA PRIMEIRA LETRA DO ALFABETO HEBRAICO. Encontrei na internet que significa "Mestre" ou "Senhor". Minha mãe não fala nem escreve hebraico. De hebraico, só sabe que é o idioma falado em Israel. Também é a língua dos antigos judeus. Desde a época em que viviam no Egito e eram escravos do faraó. Mamãe quis dar nomes diferentes aos filhos. Meu pai topou. O nome Ariel, do meu irmão, foi homenagem a Shakespeare, um grande autor inglês. Escreveu teatro (e também poemas) há séculos. Hoje é considerado o maior — ou um dos maiores — do mundo. Tem um Ariel na peça *A Tempestade*. É um ser do ar com talentos mágicos. Mas agora não resisto, tenho que contar mais uma coisa. Meu irmão ficava maluco porque Ariel foi também o nome dado à sereiazinha do filme da Disney. Um ser do ar, mágico, era tudo que meu irmão queria ser. Mas sereiazinha? Ele odiava. Óbvio, era o que a torcida gritava nos torneios de natação. "Força, Sereiazinha, manda ver, Sereiazinha". Vamos combinar. Ter o nome de Ariel e ser nadador... como dois mais dois são quatro... só podia dar nesse apelido. Sereiazinha! Meu irmão fazia sucesso com as garotas. Sua turma era super mega demais no colégio. Mas, de "Sereiazinha", não se livrava! Uma vez tentei aconselhar. Disse para ele se conformar, só que no meio da conversa caí na risada. Ele passou dois dias sem falar comigo.

Minha mãe — Clarice — é apaixonada por teatro e literatura. Queria ser atriz quando nova. Estava tudo certo para fazer uma escola de teatro. Já tinha até feito umas peças na escola. Foi uma pena não ter estudado. Mas se casou cedo, meu irmão nasceu mais cedo ainda (isso quer dizer seis meses). Ela trabalhava em uma grande loja. Parou. Nem deu para continuar os estudos, cuidando de meu irmão e depois de mim. Pelo que dizem, meu irmão era um anjo, desde o berço. Não dava trabalho nenhum. Já eu... era o tipo de bebê-garotinho que não podia ser deixado um instante. "Se eu virava a cabeça, você já subia em algum móvel, ou se dependurava na janela", conta mamãe.

Meu pai — Jonas — ganhava bem, de acordo com os padrões de sua família. Sinceramente, esses padrões não eram tão altos, altos... O pai dele era pintor de paredes, a mãe dona de casa. Meus avós maternos também não eram ricos. Vovô era funcionário público, mas não de alto escalão. Tanto meus pais como meus tios e tias trabalhavam desde cedo. Um irmão de meu pai era encanador, outro eletricista. A irmã era cabeleireira, e minha avó às vezes ajudava no salão. Ninguém tinha muito dinheiro. Meu pai chegou até o meio da faculdade de administração. Mas largou por causa do casamento e da chegada de meu irmão.

Começou muito cedo numa loja de eletrodomésticos, em um *shopping*. Era o faz tudo. Depois foi para o balcão. Subiu. Entrou no departamento de administração. Cresceu até se tornar gerente. Mas largou a faculdade, quando foi promovido. Os horários não eram mais compatíveis. Só pensava em trabalhar, trabalhar e trabalhar. Nosso apartamento era financiado. Ele arcava não só com as prestações como também com as intermediárias. Mais que isso. Mamãe sonhava com um maior, de três quartos. Eu também. Seria maravilhoso ter um quarto só pra mim. Ficar à vontade. Tentaram juntar dinheiro. Alguns anos depois, com muita luta, economia e horas extras, papai conseguiu quitar o apartamento onde moramos. A esperança de um maior aumentou. O atual podia ser dado de entrada. Na época, eu estava cheio de planos, para quando tivesse meu próprio quarto. Queria fazer um grafite numa das paredes. Nas outras, umas cores bem aleatórias.

DE REPENTE, PAPAI FOI DEMITIDO.

A loja foi vendida para uma grande cadeia, especializada em eletrodomésticos. Antes ele conhecia o dono — que também tinha mais duas lojas em *shoppings* diferentes. Até tomavam lanche juntos de vez em quando. A cadeia de lojas fazia parte de uma *holding*, que tinha várias empresas. Os representantes fizeram o negócio. A nova diretoria cuidava da parte de varejo do grupo inteiro. Papai não conhecia mais ninguém. A relação passou a ser distante, com funcionários de funcionários de diretores de vice-presidentes corporativos, como chamavam... Mas havia muitos vice-presidentes. E um CEO do grupo todo que só tínhamos visto uma vez numa revista. (Olhei na internet. CEO é *Chief Executive Officer*. É o responsável máximo pela direção. Traduzindo: manda-chuva total.) Mas o CEO nem aparecia na loja.

Anunciaram que iam reestruturar a empresa. Foram meses de tensão. Meu pai tentou conversar com quem podia. Havia um diretor acima dele, que ficava na sede principal — um grande edifício com muitos andares. Segundo meu pai explicou, existiam vários executivos analisando tudo o que ele fazia. Dando palpites. Papai procurou o tal diretor. Quis falar tudo o que sabia fazer. Dizer que estava disposto a entrar no novo esquema. Ele já sabia que a reestruturação levava em conta também a formação, diplomas e experiência no setor.

— Mas eu aprendi na prática, conheço cada cantinho daquela loja.

O diretor foi educado, agradável. Ofereceu cafezinho. Disse para ele não se preocupar. Haveria mudanças, mas ainda estavam sendo estudadas.

Dali a poucas semanas, uma segunda-feira papai chegou para trabalhar. Um diretor do escritório central o recebeu. Nem o deixou entrar, propriamente. Avisou que meu pai estava sendo demitido. Devia ir ao departamento de Recursos Humanos do grupo. Tinha, inclusive, hora marcada. Devia subir, esvaziar suas gavetas e levar o que fosse pessoal numa caixa de papelão. (Eu sabia que tinha retratos de nós todos na mesa.) Nem pôde se despedir dos colegas. Enquanto pegava suas coisas, foi supervisionado por um segurança. Humilhação total. Mais tarde foi ao departamento de Recursos Humanos da central. Assinou a demissão. Foi comunicado que receberia tudo a que tinha direito. Era uma bolada, pelo tempo de serviço.

Em casa, desabafou. Disse que aquilo não ia funcionar sem ele. Também que não teria problema em achar emprego, tinha muita experiência. Mamãe concordou: um profissional como ele não ia ficar solto no mercado. (Alguns dias mais tarde, foi com alguns vendedores e o pessoal da antiga administração a uma pizzaria, se despedir. Boa parte também já estava indo embora, por conta da reestruturação.)

No começo, até achou que seria uma chance de melhorar. Recomeçar em outra empresa. Enviou currículos a vários lugares. Falou com amigos e conhecidos, tinha muitos da vida profissional. Todos diziam que com sua experiência, "arrumar emprego seria só uma questão de tempo". Mas foi chamado para poucas entrevistas. Ainda lembro. Cada vez que ia a uma delas, voltava cheio de esperança. "Acho que gostaram de mim"; "o entrevistador deixou claro que eu tenho o perfil". Aguardava dias e dias. Finalmente, descobria que tinham contratado outro. "Vaga preenchida, vaga preenchida". Sempre por alguém mais jovem. Ele tinha mais de quarenta. Falavam muito em "sangue novo". Também davam preferência a quem tinha faculdade completa.

Mas também as vagas diminuíram na área. Grandes cadeias compraram as lojas menores. Juntaram cargos de direção, gerências. O comércio *on-line* cresceu muito. Ou você estava bem colocado em uma dessas cadeias, ou não estava em lugar nenhum.

Havia outro agravante. Os mais jovens sabiam mexer muito bem com internet. Estoques *on-line*, vendas pela *web*, lançamento de promoções. O mundo mudava enquanto papai se dedicava à família, fazia horas extras para pagar o apartamento. Óbvio que ele tinha seu *laptop*. Mas seu conhecimento era superficial. Não se aproximava dos novos profissionais que, segundo meu próprio pai, tinham "começado a brincar com celular e *laptop* no berçário".

No terceiro mês do desemprego, mamãe abriu mão da faxineira. Eu conhecia dona Marlene desde pequeno. Chorei muito quando ela partiu. Foi triste. Depois a realidade falou mais alto. Nem tudo foram flores. Dona Marlene entrou com um processo trabalhista. Meu pai não tinha feito o registro como deveria. Nem pagado férias e fundo de garantia. Como ela vinha três vezes por semana, tinha direitos. Levou uma grana das economias da família. Mamãe ficou furiosa com papai, por não ter feito tudo certinho... Mas também chamou dona Marlene de "ingrata". (Embora minha própria mãe costume dizer que "direitos são direitos".)

Mamãe abriu os olhos. Fez as contas. Não entrava mais dinheiro em casa. Se continuássemos só gastando, quanto tempo ainda teríamos com o suficiente para viver? A situação não era tão trágica. Como estávamos economizando para trocar de apartamento, havia um bom dinheiro no banco. Mais o que o papai recebeu na demissão. Menos o que foi pago a dona Marlene. Eram contas e mais contas.

A situação ficou tensa. Eu ouvia suas vozes alteradas no quarto, quando ficavam a sós.

— Não perdi o emprego porque quis — dizia ele.

— Tem que procurar coisas novas. O dinheiro não vai durar para sempre.

Uma vez, eu e meu irmão ouvimos papai, bravo.

— SE VOCÊ NÃO TIVESSE FICADO GRÁVIDA TÃO CEDO, EU TERIA TERMINADO A FACULDADE. TALVEZ NEM FOSSE DEMITIDO!

— EU NÃO FIQUEI GRÁVIDA SOZINHA!

O rosto de Ariel mudou completamente. Endureceu. Ficou muito diferente do irmão que eu conhecia. Havia uma profunda tristeza, como um véu que tivesse sido tirado de seu rosto, e mostrasse o que havia por trás. A gente estava na cozinha. Ele deixou o iogurte na pia. Foi para o quarto. Fui atrás. Quis aliviar.

— Ariel, eles só estão nervosos. Não pense que a culpa é sua, que atrapalhou toda vida deles por ter nascido.

Aquela expressão sumiu. Durante um instante, ele permaneceu neutro, como uma tela de cinema antes de projetarem a imagem. Em seguida riu, divertido.

— Pirou, Aleph? Eu sei que não é culpa minha. A vida é assim...

Nunca mais tocamos no assunto.

Falando em vida...

A minha ficou difícil com a saída da faxineira.

O trabalho foi dividido. Quando eu era menor, papai não gostava que eu ou Ariel nos aproximássemos da cozinha. Ou de qualquer serviço doméstico. "Não é coisa de homem", dizia. A vida mudou, a cabeça de papai também. Dizia "o mundo é outro", mamãe concordava. "Hoje em dia, muitos casais dividem o trabalho doméstico."

Agora, mamãe fazia uma superfaxina uma vez por semana. Eu e Ariel ajudávamos no serviço pesado. Nos outros dias, cada um fazia sua parte. Quem usava um prato, um copo ou uma xícara, já tinha que lavar. Mamãe separava as roupas e botava na máquina. Eu ou Ariel tirávamos já secas, no dia seguinte. Logo, aprendi a separar minhas bermudas e camisetas pra lavar, Ariel também. A gente se revezava, embora ele odiasse as tarefas domésticas. O único que não mudou de hábito foi meu pai. "Nunca aprendi a cozinhar, não vou aprender agora." Foi uma grande vitória o dia que ele fritou um ovo pela primeira vez. Ficou péssimo, com a clara queimada. Mas deu pra comer.

A verdade é que, com o tempo, Ariel começou a fugir do trabalho. Argumentava que tinha treinos de natação. Treinava sim, longas horas por dia. Acumulava com a escola. Tinha muitos trabalhos de classe, avaliações. Sobrou pra quem?

Adivinharam. Pra mim.

Ainda mais depois que mamãe arrumou um emprego.

Quando papai era gerente da loja de eletrodomésticos, mamãe ia muito ao *shopping*. E se tornara amiga da dona de uma butique. Pequena, eram só a dona e uma vendedora. Quando a vendedora saiu, mamãe convenceu a proprietária a "fazer uma experiência". Tinha trabalhado com vendas, mais jovem. Sabia se vestir bem. Mais que tudo, era de confiança. Era um trabalho em horário integral. Saía do *shopping* às oito da noite. Mas entrava pouco antes das dez da manhã, o que era uma vantagem. Mamãe pegava o metrô. Às vezes chegava exausta, de tanto ficar em pé, no salto alto, o dia todo. Salário baixo. Ganhava comissão. Folga só às segundas, que passou a ser o dia da faxina geral. Ainda não sei como ela conseguia. Mas dava um jeito de não faltar nada em casa. Fazia supermercado *on-line*, eu só tinha que separar o que era de *freezer* e geladeira. Nas segundas, ela deixava uns pratos semi-preparados pra gente comer durante a semana. Eu me tornei *expert* em *hot dog*. Ariel, sempre numa dieta esportiva, fazia omeletes com várias claras e uma gema. Bem fofas, mas com gosto de isopor, na mina opinião. Ele adorava.

Papai também conseguiu um trabalho, embora não fosse o emprego com décimo terceiro, férias e bônus, como sonhava.

Ele acompanhava Ariel nos treinos com frequência. Aconteciam na piscina semiolímpica de um clube de gente rica. Não éramos sócios. Só Ariel, como esportista, podia desfrutar das instalações. (Não, eu não me dedicava a um esporte o suficiente para sonhar em ser campeão, assim não fazia parte de nenhuma equipe do clube.) Ariel era uma "promessa". Meu pai acabou conhecendo os diretores do clube, fazendo amizade. O responsável pelas atividades sociais resolveu montar um restaurantezinho japonês. Convidou papai para entrar como sócio. Era um bom negócio, porque o pessoal do clube ia gostar, segundo uma pesquisa. A gente ainda tinha algumas economias. Papai raspou tudo, para investir. Pra falar a verdade, não era um restaurante, um restaurante... desses que se vê nas novelas e revistas. Era pequeno. Funcionava só para os sócios e convidados. Tinha muitos clientes no almoço, porque trabalhavam lá perto, e abria todos os dias, menos às segundas. Lotava nos fins de semana. Por trabalharem no comércio, meus pais tinham folga no mesmo dia, segunda, o que era bom. Sempre gostei de comida japa. Quando papai anunciou a notícia, imaginei que ia me fartar de peixe cru. "Vou criar escamas", pensei. Decepção. Nós, da família, só podíamos comer de graça uma vez por semana. Nunca os pratos mais caros — ele tinha sócio!

Eu e Ariel... a gente se virava. Além dos *hot dogs,* eu me tornei o rei do macarrão instantâneo. Por causa dos treinos, Ariel costumava almoçar na escola. Custava uma grana. Mas papai e mamãe acreditavam muito em seu futuro como atleta. (Essa era só uma das vantagens que Ariel tinha como atleta, inclusive dentro da família.) Tudo bem, não sou o tipo de cara que fica remoendo e invejando. Pelo menos, não a comida. (O corpo atlético eu gostaria de ter, mas sem praticar tanto esporte.) Fato. Sempre gostei de cozinhar. Antes mamãe só deixava muito de vez em quando, de brincadeira. Agora eu estava livre no fogão! Às vezes, até arriscava uma receita... a internet tem milhões! Algumas vezes, de noite, quando mamãe chegava, eu preparava um lanche. Ela adorava. Meu irmão preferia legumes, salada, peixe. Mas se tinha um único bife, ele já se apoderava. Eu nem me atrevia a reclamar. Mamãe sempre dizia que, como atleta, Ariel tinha que ingerir muita proteína.

Logo depois que nossa situação financeira saiu de ruim pra péssima (boa nunca foi), meus pais tiveram uma longa conversa com a gente. Não haveria mais troca de apartamento. (Adeus esperança de quarto só pra mim!) Decidiram focar em nossa educação. Cada um de nós devia se esforçar para ir bem nos estudos. Fazer faculdade. Era o principal.

A ordem era economizar. Sofri bastante ao saber que não teria um quarto só pra mim. Ainda mais porque meu irmão acordava às cinco, seis da manhã, acendia a luz, fazia barulho e eu não conseguia aproveitar os últimos minutos de sono! Roupas novas? Só para Ariel, se precisasse. Eu aproveitaria as do meu irmão. (Acho que já falei sobre isso. Eu parecia um palhaço com aquelas roupas maiores que eu, mas fazer o quê?) Outros luxos, adeus, adeus! Videogame no aniversário, nem pensar. (Sem comentários, porque eu sempre acabava prejudicado.) Ariel era mais alto que eu, já sabem. Até seus tênis eu herdava, apesar de serem folgados pra mim.

"Seu pé vai crescer", dizia mamãe. Mas no tamanho de Ariel não chegava nunca! Só uma vez ou outra, eu tinha direito a um novo. "Tem que ser compreensivo, Aleph!", ouvia, se reclamava!

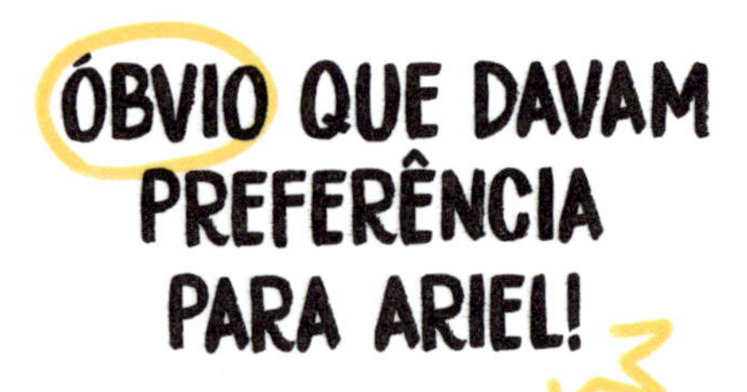

UM EXEMPLO,
TODO MUNDO DIZIA QUE
MEU IRMÃO ERA UM EXEMPLO!

Ariel acordava cedinho. Segundas, quartas e sextas, já estava na piscina às seis da manhã. Mas nunca perdia aula. Tinha ótimas avaliações. (Comigo foi um corre-corre quando quase fiquei de recuperação em Matemática e Inglês!) Eu era todo o contrário. Atrasava. Queria ficar mais tempo deitado. Sempre acordava voando de manhã. Deixava a cama meio desarrumada (só puxava a manta pra disfarçar). Corria pra chegar a tempo na escola. Às vezes, demorava pra voltar. Ficava com meus amigos, de papo. Ou fazendo charme pra alguma das meninas. (Elas não queriam nada com a gente!). Por mais que eu arrumasse a casa, fizesse os *hot dogs*... nada disso era comparável ao que Ariel fazia. Ele, sim, conquistava medalhas, troféus! Um dia, seria campeão olímpico! Meus pais tinham certeza!

Eu nem tentava ser igual a ele. Mas, nessa época, fiquei realmente pra baixo.

Tudo começou porque eu queria um videogame. Última geração. E a grana?

Havia um jeito de conseguir: trabalhar com papai! Se eu ajudasse no restaurante, podia ganhar para comprar meu videogame. De quebra, aprenderia a fazer comida japonesa! Eu sabia que ele precisava de um garçom extra e tentei a vaga.

No início ele resistiu. Mamãe achou boa ideia. (Foi uma longa conversa. Em uma das raras reuniões de família – raríssimas, cada vez mais raras –, mamãe convenceu papai a fazer uma experiência.) Era um restaurante pequeno, só tinha um garçom. Mas ele precisava folgar nas noites de quarta, não lembro bem o motivo. Combinamos que eu começaria na terça, para aprender. Na quarta seria a folga do rapaz. Mas eu já saberia me virar sozinho. Ouvi meus pais conversando.

– Se ele for bem, pode ficar com o emprego – comentou papai.

Quanta esperança! Na terça cheguei cedo. Juca me ajudou a entender como tudo funcionava. Aprendi como tirar as comandas e entregar na cozinha. Uns truques para lembrar quem tinha pedido o que, em cada mesa. Quarta eu me sentia pronto! Já estava no restaurante logo depois da aula, como combinado. No almoço, com menor frequência, papai tinha se virado sozinho com o *sushiman* e o ajudante de cozinha. Mas havia uma convenção de executivos no clube. (São cada vez mais raras, hoje se faz tudo *on-line*.) No final da tarde, o japinha lotou. Um bom número de executivos ficou para tomar uma cerveja e comer um sushi. A cozinha estava a todo vapor. Muitos pratos saindo. Pedidos sendo atendidos. Logo, me confundi com as comandas. Um cliente reclamou, depois outro. Meu pai me chamou de lado.

— Nem pra garçom você serve?

Fiquei ainda mais nervoso. Havia duas bandejas para levar. Uma de sashimi. Outra, de um peixe mergulhado em um molho adocicado. Mais umas três me esperavam. A campainha da cozinha, avisando que os pratos estavam prontos, tocava sem parar. Os clientes reclamavam cada vez mais.

— Que demora!

— Meu prato já saiu, estou vendo!

— Está lerdo! — reclamou meu pai.

A culpa não era minha. Vários pratos tinham ficado prontos ao mesmo tempo. Tinha uma filinha para entregar. Peguei as duas bandejas. Mas confundi as comandas, não sabia bem qual era de qual mesa. Tentei verificar ao mesmo tempo que carregava as bandejas. E me desequilibrei. O peixe cheio de molho escorregou da travessa, em cima do paletó de um cliente. Óbvio, ele reagiu, bravíssimo. O truque para tirar mancha de shoyu é passar nabo. Juca tinha me explicado. Meu pai mesmo pegou o nabo. Correu para o cliente, passou, passou (a mancha não saiu completamente). No fim, teve que prometer um paletó novo. Fui entregando os pratos nas outras mesas. Só depois voltei para o balcão.

Meu pai me mandou embora. Disse para eu não voltar mais.

— VOCÊ NÃO SERVE PRA NADA.

SAÍ DE LÁ, QUERENDO QUE
O MUNDO ACABASSE.

~~SUMIR.~~

EVAPORAR.

CAPÍTULO 3

EU NÃO FAÇO NADA DIREITO?

O QUE ERA RUIM FICOU PIOR QUANDO MEU PAI TEVE QUE COMPRAR UM TRAJE CARÍSSIMO PARA O CLIENTE. "Um terno que não poderia comprar pra mim." Meu sonho de um videogame virou fumaça definitivamente. Papai contratou um garçom extra para as folgas do outro. Eu podia estar ganhando esse dinheiro! Óbvio, ninguém pensou em pedir pra meu irmão ajudar no restaurante. Estava numa fase intensa de treinos. Fiquei soterrado com uma enormidade de coisas para fazer em casa – sem ganhar um centavo por isso. Cada vez mais, tinha que ajudar na parte de Ariel, por causa da natação. Minha mãe também fazia boa parte do trabalho doméstico, nas folgas e quando chegava do trabalho. Muitas vezes também acordava de manhãzinha, para deixar o apartamento em ordem. Os livros, que ela gostava tanto de ler, se amontoaram em uma pilha.

Mesmo assim, minha situação em casa piorou ainda mais. Motivo chato. Havia uns vasos de plantas na área de serviço. Um pé de avencas e dois antúrios de folhas empoeiradas. Mas o mais lindo era o vaso de flor de maio. Todos os anos, se enchia de flores. Mamãe pediu para eu regar e cuidar das plantas. Mas eu não me sentia legal por causa do que tinha acontecido no restaurante. Cabeça cheia, coração triste... esqueci de regar as plantinhas de minha mãe! Pior que vivia entrando na área de serviço, mas nem prestei atenção nos vasos. Um dia, mamãe percebeu que as plantas estavam murchas. As avencas secas! (São plantas muito sensíveis, dizem.) O mais triste: a flor de maio morta. A terra do vaso era pura areia, prova que eu não tinha molhado. Mais uma vez tive que ouvir, desta vez de mamãe, que eu não fazia nada certo. Pior que tinha razão! Era de pirar.

Agora que tudo aconteceu, penso que mamãe estava tensa, assim como papai. Os dois, um tanto fora de prumo. Eram muitas preocupações. Mamãe nem encontrava mais as amigas. Seus projetos viraram moinhos de vento, como os sonhos de Dom Quixote. A situação entre o casal também ficou tensa. Sempre havia falta de dinheiro. Nenhum dos dois sabia como resolver.

Na verdade, meu pai e minha mãe sempre foram diferentes um do outro. Ele nunca gostou de ler, nunca teve ambição de subir na vida, nunca sonhou com viagens, apartamento de luxo. Mas ela sim! Certa vez, ouvi minha tia comentar que mamãe devia ter terminado a universidade. E se casado com um professor, médico, advogado, empresário. Mas veio o amor, e, por conta do amor, ela desistiu de seus planos. Nunca foi completamente feliz. Eu sei que gostava de papai. E de nós, seus filhos. Mas quando nossa vida mudou completamente, mamãe sofreu um choque. Tudo que ela quis, que ela sonhava, agora era impossível. Mas havia Ariel. Ele tornou-se a esperança da casa! Conquistaria medalhas, prêmios. Talvez fosse para as Olimpíadas. Seria um campeão. Ganharia fortunas dos patrocinadores. Seria a salvação da família. Ariel vinha na frente, por conta de seu futuro glorioso.

A Bíblia conta que Jonas foi engolido por uma baleia. Mas saiu vivo. Meu pai também se chamava Jonas, já contei? Pensava que talvez toda aquela situação fosse passageira, como ficar no estômago da baleia. Meu pai tinha esperança de que aconteceria alguma coisa inesperada. Tipo uma proposta para ser gerente em alguma loja de eletrodomésticos, como antes. Ele não gostava especialmente de comida japonesa. Sempre dizia desconfiar de restaurantes onde o "guardanapo vem cozido e a comida crua". Agora, era graças a seu pequeno japa que a gente sobrevivia. Era pouco para ele, que tinha tido um cargo tão alto na loja do *shopping*. Nem podia mais se distrair, como antes. Gostava de esportes. E de acampar. Antes, a gente saía com nossa barraca no carro, ia para áreas de *camping* nas praias. Hoje a barraca estava desmontada, em total abandono. Não tinha mais tempo sequer para acompanhar os jogos de seus times de futebol preferidos, a não ser da televisãozinha do restaurante, enquanto trabalhava. Sentia-se cansado o tempo todo. Cansado de ficar em pé.

De atender os clientes. De cuidar do restaurante. Também, de fazer contas para o dinheiro chegar até o fim do mês. Papai, que era risonho, tornou-se mal-humorado. Descontava em mim. Ariel era a perfeição!

Eu também não ajudava muito, vou dizer a verdade. Se ao menos tivesse planos dos quais ele gostasse! Mas eu não tinha ideia do que fazer no futuro. Nem o que estudar. Nem qual seria minha profissão.

TINHA **CERTEZA** DE QUE MEUS PAIS
NÃO GOSTAVAM DE MIM.

PASSEI A SENTIR UM CIÚME **ENORME**
DE ARIEL. QUERIA SER COMO ELE.

SÓ QUE NÃO ERA,
NUNCA SERIA!

→ NÃO FAZIA SUCESSO NA ESCOLA.

→ NÃO ARRASAVA NOS ESPORTES.

→ EM CASA, TODO O TEMPO ME CRITICAVAM!

EU NÃO FAZIA NADA DIREITO!

Entrei dentro de uma concha, como um molusco. Não queria sair. Não queria viver.

Foi quando várias coisas aconteceram.

A vida é imprevisível.

CAPÍTULO 4
O
ESCÂN-
DALO

HOUVE UMA GRANDE NOVIDADE. Surgiu um novo campeonato de natação. Especial. Único. O vencedor de cada categoria receberia uma bolsa de estudos completa para estudar em uma escola nos Estados Unidos. Moraria no câmpus. Ganharia uma mesada para se manter.

Fiquei sabendo que no exterior investem muito na formação de atletas. Mais tarde, para Ariel entrar numa universidade americana seria um pulo. Entusiasmadíssimos, meus pais apostaram tudo nesse campeonato. Meu irmão já era o campeão do clube. Foi inscrito, pelo próprio clube, na categoria 50 metros nado livre. Todo mundo tinha certeza de que ele ganharia o troféu e a bolsa para os Estados Unidos.

Eu me considerava invisível. Só tinham olhos para Ariel. Até vovó, lá do interior, mandou dizer que torcia por ele. Sem sequer me mandar um beijo! Mamãe teve uma única conversa séria comigo. Explicou a importância do campeonato. "A vida do Ariel vai mudar, talvez a de todos nós." Eu, como irmão, deveria ajudar em tudo. Fiquei feliz no início. Achei que estava ganhando responsabilidades. Também torcia por Ariel. Irmão é irmão. Mas logo descobri que não era tão simples assim. Ariel passaria a treinar todos os dias, de manhãzinha e de tarde, para se preparar. Eu teria que fazer toda, absolutamente toda a sua parte do serviço doméstico. Não que ele ainda fizesse muita coisa. Mas agora não tinha nem obrigação. Tentei argumentar que era demais para mim. Mamãe disse:

— Mais tarde, tudo voltará a ser como antes.

Eu sabia. Não haveria "mais tarde". Ariel ganharia a bolsa. Iria para o exterior. Mamãe já contava com a vitória. Na butique, comentava com as clientes sobre a grande oportunidade que seu filho teria. Meu pai falava como se Ariel já tivesse ganhado. Tipo: "meu filho vai estudar nos Estados Unidos". Eu concordava que era uma grande chance. Ariel merecia, não tinha dúvidas. No começo de tudo tinha sido selecionado para o time do clube. Era uma prova de sua capacidade. Na escola não se falava de outra coisa. Mais que nunca, me tornei o "irmão do Ariel". Às vezes, até perguntavam:

— Você não nada?

Pior que não. Até me virava na água. Mas as oportunidades para Ariel surgiram muito cedo. Pra mim não. Por um lado, torcia por Ariel. Por outro, fiquei muito atormentado. Eu me sentia posto de lado. Não só pela família. Pelos amigos também. Continuei próximo do Dan e do Jonathas. Eram *nerds*, sem muito interesse por esporte. Dan, principalmente, era um ás do computador.

Justamente por Dan ser tão ligado no mundo digital, descobri o que estava acontecendo.

Vou começar do começo.

Nem enxergava mais os acontecimentos em torno de mim. Eu me sentia de escanteio. Mamãe chegou ao cúmulo de comprar um abrigo novo para Ariel, para "quando ele fosse para a América". Então... fiquei um tempo sem dar tanta atenção a meus outros amigos. Nunca mais tinha falado com Amanda. A gente se conhecia de pequeno. Até brincavam que um dia nos casaríamos. Conversa, claro. Mães gostam de imaginar que os filhos vão se casar. Amanda tinha mudado muito nos últimos tempos. Antes, era magricela. Seus cabelos ruivos eram espetados como uma vassoura. Mas aí veio a pré-adolescência e, em seguida, a adolescência. Muitas coisas acontecem nessa fase da vida. Rapazes e garotas se distanciam. Eu jamais voltaria a brincar de boneca, por exemplo. A própria Amanda ia dar risada se eu fizesse essa sugestão absurda. Ela cresceu depressa, deixou de ser uma menina para transformar-se em uma garota bem bonita. Usava uns esmaltes coloridos. Se maquiava.

A grande injustiça é que eu, embora tivesse idade próxima, ainda era considerado criança. Tínhamos a mesma idade. Mas me chamavam de garoto. Menino!

Eu e Amanda nos tornamos muito diferentes um do outro. Pior, pior, pior! Garotos da minha idade não tinham chance. Elas, as garotas, estavam a fim dos mais velhos. Idolatravam meu irmão. Como eu já contei, se alguma vinha falar comigo, era com o interesse de construir uma ponte até ele. Amanda continuou minha amiga, claro. Às vezes, a gente conversava, ria. Éramos da mesma classe, fizemos uns trabalhos em grupo. Eu adorava ouvir seu riso.

Quando usava saia curta, os meninos torciam o pescoço para ver suas pernas. Embora ela preferisse moletom. Resumindo, era a "gostosa" da escola. Por mais amigo que eu fosse, não podia deixar de pensar... e se um dia a gente ficasse? Mas eu nem teria coragem de tentar. Gostava dela, de verdade. Fazia parte da minha infância.

Um dia percebi que ela andava diferente. Caída. Triste. Tensa. Ouvi umas fofocas. Parecia ser um grande rolo. Mas no início não prestei atenção. Eram uns comentários confusos. Eu não sabia o que tinha acontecido. Amanda estava estranha. Também passou a usar manga comprida, mesmo em dias quentes. Puxei assunto. Só comentei que estranhava muito... não passava calor? Em vez de resposta, levei um coice. Disse que eu não tinha nada a ver com o que ela vestia. Magoei.

Um dia recebi um arquivo estranho no e-mail. Não tinha remetente, só um código. Mostrei para o Dan. Ele já sabia do que se tratava.

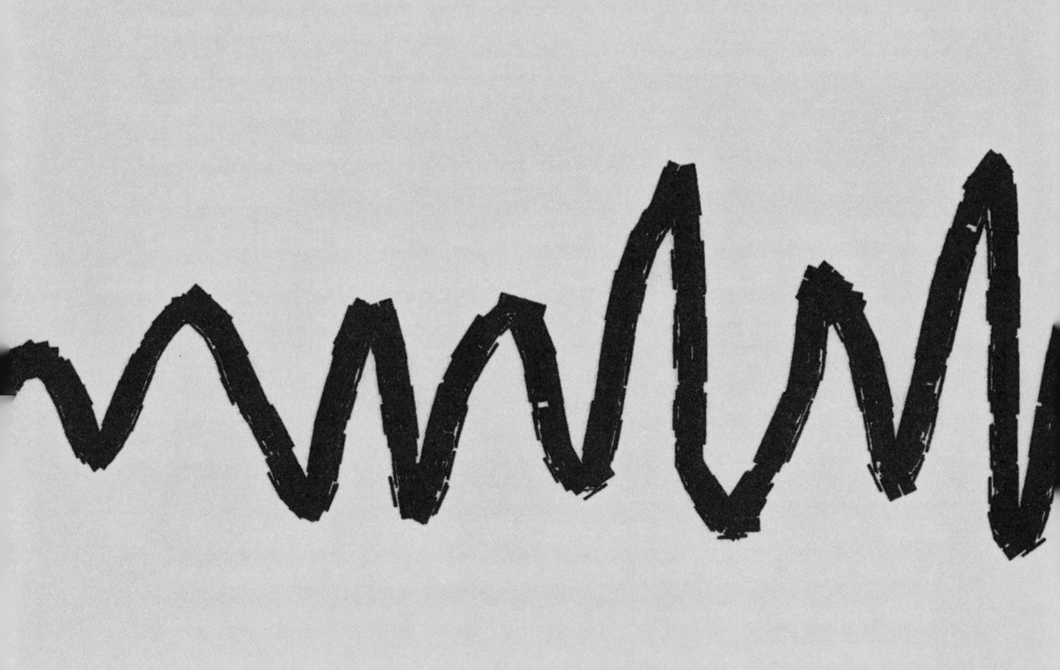

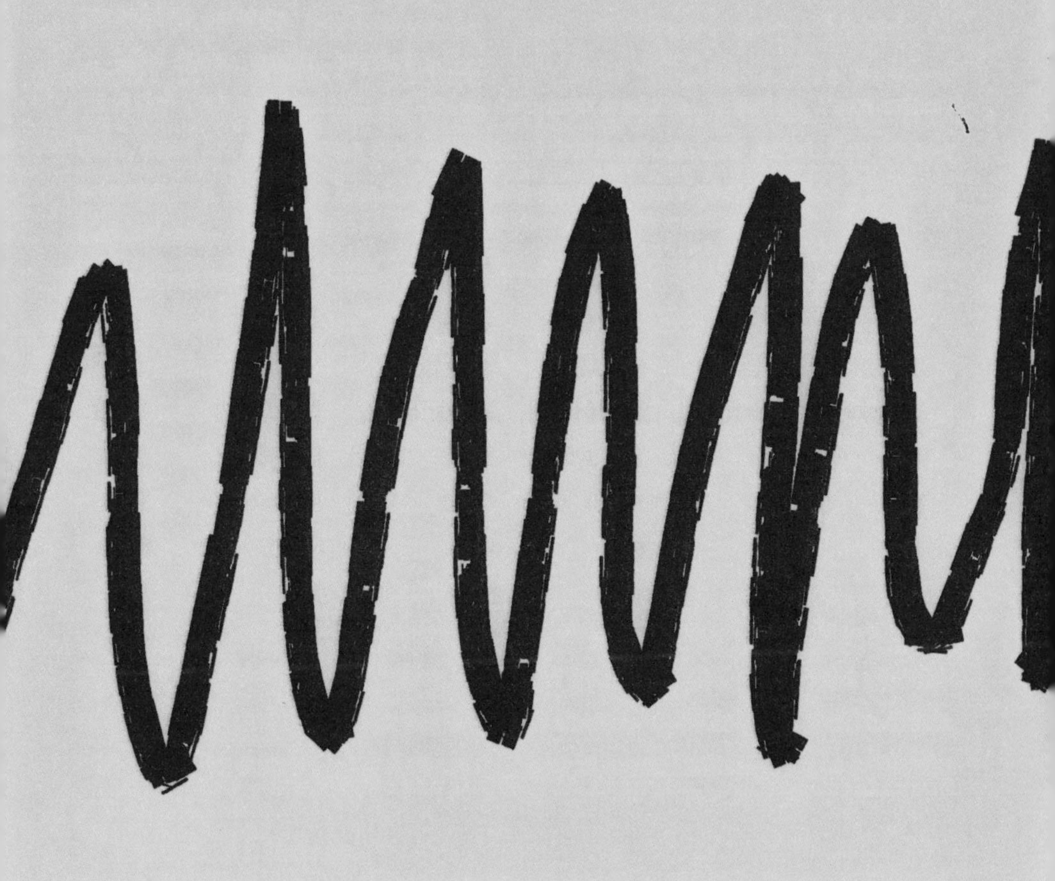

Conhecia o arquivo. Só não tinha me mostrado porque...achou que eu ia ficar chateado. Quando ele disse isso, óbvio, quis saber do que se tratava. Dan abriu o arquivo em seu próprio computador. Eram imagens de Amanda. De seios de fora. Choquei. Era possível ver que ela estava falando com alguém. (Não dava pra descobrir quem.) Um rapaz. Ele pedia pra ela mostrar. Mas a voz estava disfarçada. Há técnicas de gravação para isso. No começo ela hesitou. Mas, depois, mostrou tudo. Ouvi quando ele prometeu

"NINGUÉM MAIS VAI VER".

ÓBVIO QUE ELE GRAVOU T·U·D·O.

Não era o combinado, deu pra perceber. Mas o rapaz do outro lado da câmera fez um vídeo.

Não há segredos na internet. Mostrou para seus amigos. Os amigos mostraram para outros amigos. Internet. Como todo vídeo, passou de um pra outro, e outro... Agora circulava em toda escola. Até chegar a mim. Todo mundo tinha visto!

Foi 1, 2, 3 para a coordenação descobrir. Os pais de Amanda foram chamados. A casa caiu. A mãe entrou em choque. Para ela, a filha ainda era a mesma garotinha de pouco tempo atrás. Amanda foi proibida de sair sozinha. Sua mãe a levava e buscava na escola. Trancou seu computador. Só podia ser usado para trabalho escolar. A escola entrou em choque com o escândalo. Muitas garotas começaram a falar mal de Amanda. Criticavam. Os rapazes faziam piada. E também, eu soube, algumas propostas bem pesadas. Dava vontade de brigar com todos.

Comentei com meu irmão. Mas ele teve uma reação estranha. Disse para eu ficar fora da história. Ariel andava realmente estranho naqueles dias. Tinha brigado, de socos, com o seu melhor amigo, Biel. Tiveram que apartar. Quase foram suspensos da escola. Meus pais ficaram furiosos, deram lição de moral. Como ele pretendia ganhar o campeonato se machucando numa briga? Foi então que entendi: meus pais não estavam preocupados em ensinar Ariel a não brigar. Mas só em ele se preservar para a competição! Depois que tudo isso aconteceu, Ariel nem queria saber mais dos assuntos da turma. Fiquei surpreso por não ele não ter se esforçado para proteger Amanda de alguma maneira. Ambos se conheciam desde crianças. Mas Ariel estava concentrado, treinando para a competição que, dizia, iria mudar sua vida.

Eu queria ajudar. Precisava falar com ela, no mínimo. Mas Amanda parou de ir às aulas. Por ser amigo de infância, sua mãe autorizou minha visita. Quando cheguei, sua mãe me puxou de lado:

— Descubra quem foi o crápula que fez isso com minha filha. Quem espalhou o vídeo.

Amanda não queria contar o nome do culpado pra ninguém. Sua família ficava ainda mais furiosa com essa atitude.

Ela estava no quarto, na maior deprê. Séria, calada. Eu me senti um intrometido. A mãe deixou uma cestinha de pão de queijo, suco. Tentei conversar, mas havia mais pausas que papo propriamente dito. Em certo momento, Amanda esticou o braço para pegar um pão de queijo. A manga de sua blusa subiu. Vi que seu braço estava cheio de cicatrizes. Compridas e finas.

Por isso que agora ela só usava blusas de mangas compridas!

— Mandinha?

Desabou. Já viram alguém assim, firme, sem querer falar de si mesmo? Aí acontece alguma coisa e a firmeza da pessoa simplesmente derrete?

— EU ME CORTO, ALEPH.

Chorou. Tentei entender... eu já tinha ouvido falar de outros alunos que se cortavam. Se machucavam, escondidos da família. Ninguém que eu conhecesse de perto. Sempre achei que deviam ser muito loucos. Usar drogas. Mas, Amanda?

— É só isso que me dá alívio. Eu sinto uma raiva muito grande, sabe. Quando eu me corto, boto tudo pra fora.

— Você está se machucando?

Ela mostrou um estilete que deixava sempre escondido.

— Quando me corto, diminui minha dor. Dói muito, dói por dentro, Aleph.

— Dói?

— Eu estava apaixonada. Não ia sair mostrando meu corpo pra qualquer um. Eu tinha tanta confiança nele! Achava que era o máximo. Eu não queria abrir minha blusa. Não queria mostrar. Mas ele disse que era só entre nós. Uma prova de confiança. Prometeu não mostrar pra ninguém.

— Quem foi?

Ela me olhou em silêncio. Não ia falar.

— Mandinha, sei que é difícil. Sei que o povo está falando, que sua mãe está furiosa. Mas pense, daqui a pouco, ninguém vai se lembrar do assunto... você tem que dar a volta por cima.

— Tudo que acontece na internet fica gravado pra sempre. Daqui a cinquenta, cem anos, vai estar lá.

Era horrível, porque era verdade.

Ela continuou.

— Fico dizendo para mim mesma que a culpa não foi dele, não de verdade. Se achar que fez de propósito, vou ter certeza de que eram só palavras, que nunca me amou! Mas e se ele deixou a gravação vazar de propósito e agora diz que não? Dói tanto... Pior que ainda estou apaixonada. Ele é o grande amor da minha vida. Por isso não conto pra ninguém quem ele é. Senão, ele vai me odiar. E quem sabe... ainda pode dar certo?

Como ela podia ter esperança, depois de tudo que aconteceu? Eu não entendia muito de sentimento, muito menos de amor.

Até hoje lembro da sua voz calma. Lenta. Muito mais lenta do que antes.

— Sabe, Aleph, não tenho vontade de fazer mais nada. Nem de me levantar da cama. De estudar. Minha mãe me levou no médico, ele me receitou remédios. Remédio nenhum vai curar o vazio que sinto por dentro. Eu me sinto tão estranha!

Eu não sabia o que dizer. Argumentei que nem tudo era tão ruim assim. Mas nem mesmo eu acreditava nessas palavras.

Quando alguém é exposto na internet, fica difícil esquecer. É uma espécie de tribunal, meu irmão comentou uma vez. Só que pior. A pessoa não tem advogado, nem defesa, nem julgamento. Amanda sempre foi leve, doce... até um pouco boba. Eu tinha certeza: tudo o que aconteceu, foi num clima de amor. O tombo tinha sido grande. Além de todo escândalo, tinha que conviver com a decepção. Como o vídeo tinha ido parar nas mãos de tanta gente?

Mas o que ela contou depois foi pior:

— Quando ele mostrou que tinha feito a gravação, eu chorei. Implorei pra ele apagar. Não mostrar pra ninguém.

Percebi que seu rosto estava muito fino. Tinha emagrecido demais. Também havia um cheiro, que eu sentia desde que tinha entrado no quarto. Desagradável. Não sabia exatamente o que era. Ao olhar suas unhas sujas, o cabelo oleoso e pesado, não tive dúvidas. Ela precisava de apoio.

— Você vai superar, Mandinha. Só tem que cuidar de você mesma, eu estou aqui pra dar apoio.

— Superar?

— Tem que se sentir melhor, Amanda. Era tão vaidosa, por que não pinta as unhas de novo, não...

Ia dizer para ela tomar um banho, mas não tive coragem. Só queria dar uma força pra ela se cuidar, voltar a ser a mesma Mandinha de antes. Mas ela adivinhou minhas palavras.

— Daqui a pouco vai dizer pra eu tomar banho, lavar o cabelo... Minha mãe briga comigo o tempo todo por causa disso. Pra que ficar bonita, cheirosa? Pra quê?

Comentou:

— Você é muito criança, Aleph, me desculpe. Não tem ideia do que é a vida. Não sou mais boba. Nunca mais vou confiar em ninguém.

— Mandinha, isso é um exagero. Vai existir sempre alguém em quem pode confiar. Alguém que vai te amar. Eu acredito nisso.

— Amar?

Mais uma vez, fez um silêncio.

— Sabe, esse carinha pra quem eu fiz o nude na internet... Ele prometeu não gravar, mas gravou.

— Eu sei, você já me disse.

— Implorei pra ele não mostrar pra ninguém. Mas acabou mostrando. Aconteceram coisas horríveis.

— Que tipo?

— O melhor amigo dele, outros rapazes... Você sabe o que os rapazes querem das garotas. O tipo de coisas que eles pedem. Eu não queria, mas tinha tanto medo dos meus pais... Acabei topando... Eu me sinto suja... Do que adianta tomar banho, ficar bonita, se eu me sinto... tão suja?

— Eu já disse, Mandinha, você pode superar. Tem gente que passa por cada coisa horrível e supera! Foi nessa época que você ficou mais fechada?

Agora ela chorava abertamente.

— Depois que eu fiz tudo, tudo que eles queriam... Sabe, topei coisas que nem quero contar... Mesmo assim eles espalharam a gravação. Quando eu briguei com ele, ele quis tirar o corpo fora. Disse que tinha mostrado só pra um amigo. Mas que esse amigo tinha passado pra frente...

Soluçou:

— Minhas amigas de antes fugiram de mim. Os carinhas pensam que é só chegar, que estou à disposição... Todo valor que eu tinha, desapareceu...

— Pra mim você tem muito valor. É minha amiga de sempre.

No fundo eu não acreditava nas minhas próprias palavras. Sabia muito bem que Amanda se sentia superdesvalorizada. Era motivo de piadas... Ninguém tinha o direito de falar as coisas horríveis que falavam, mas... falavam. Nas baladinhas, ou festas, muitas coisas aconteciam. Mas costumavam acontecer em segredo. O caso de Amanda era pior.

— EU QUERIA SUMIR.

DESPARECER.

EVAPORAR.

Não sabia o que responder. Eu mesmo me senti assim tantas vezes! Também achava que no mundo não havia lugar pra mim. Perguntei mais uma vez:

— Mas quem foi ele, Amanda? Dá o nome de quem começou toda essa história.

— Não... eu... eu não vou contar.

A gente se abraçou bastante tempo. A mãe dela veio até o quarto. Disse que estava na hora do remédio... Era um toque pra eu ir embora. Ainda insisti:

— Se precisar de alguma coisa, de força pra algum trabalho da escola... é só pedir.

Nos dias seguintes, tentei falar com ela. Mas Amanda continuou faltando às aulas. Conversei com sua melhor amiga, Selma.

— Eu mal vejo a Amanda, ultimamente — respondeu. — Às vezes passo na casa dela, mas ela não quer conversar.

— Quem foi que jogou o vídeo na internet?

— Também não sei. Antes, ela estava supercontente. Disse que estava com alguém com quem tinha sempre sonhado. Que estava amando, amando de verdade. Mas fez segredo. Disse que eu ia cair dura quando descobrisse. Só que aí aconteceu essa história do vídeo, acho que o cara aprontou, foi uma decepção. Agora ela está tão esquisita...

Continuei tentando falar com Amanda. Mas sua mãe não facilitou. Preferia que Amanda não tivesse visitas. Tipo a história de Rapunzel. Preferiu botar a filha numa torre. Achou que assim ela ficaria protegida de todas as coisas ruins do mundo. Pra falar a verdade, eu também não tinha muito tempo. Estava lotado de tarefas, ajudando minha mãe. Ariel treinava todos os dias. Seus músculos até estavam mais definidos. Meu pai, que conversava com todos os diretores do clube, contou:

— É opinião geral. Ariel tem tudo para ser o grande vencedor.

Haveria uma série de provas, em cada categoria. Os melhores colocados nas duas primeiras, disputariam a final. Ariel treinava pesado.

Não é que eu tenha esquecido da Amanda.

Mas ela sumiu, sumiu de verdade. Certa vez ouvi mamãe conversando com papai. Falavam baixinho. Eu não sei por que meus pais têm essa mania. Falar baixo pra gente não ouvir. Só aumentam a curiosidade. A essa altura, eu sabia perfeitamente que da área de serviço dava pra ouvir tudo que eles diziam no quarto. O apartamento não era tão grande assim.

— Depressão aguda — dizia mamãe.

Entendi que uma de suas clientes na butique era tia da Amanda. A família estava fazendo de tudo para ela se curar. Mas entre eles, o choque com o vídeo na internet continuava enorme. Isso só piorava a situação. O pai culpava a mãe, dizia que não soube cuidar da filha. A mãe respondia que ele era um pai ausente, que toda a educação dos filhos (Amanda tinha um irmão pequeno) ficava nas costas dela. Situação tensa.

Amanda estava tomando remédios. Mas não funcionavam como se esperava.

— Eu li que depressão é doença da alma — completou mamãe. — Não dá pra curar com um remedinho qualquer.

Não entendi muito bem. O que é uma doença da alma? Já li que a alma é um pedacinho das estrelas brilhando dentro de cada um de nós. O sol que temos no coração.

Então eu descobri que uma estrela pode perder sua luz.

Foi então que acordei com a notícia.

AMANDA ESTAVA MORTA.

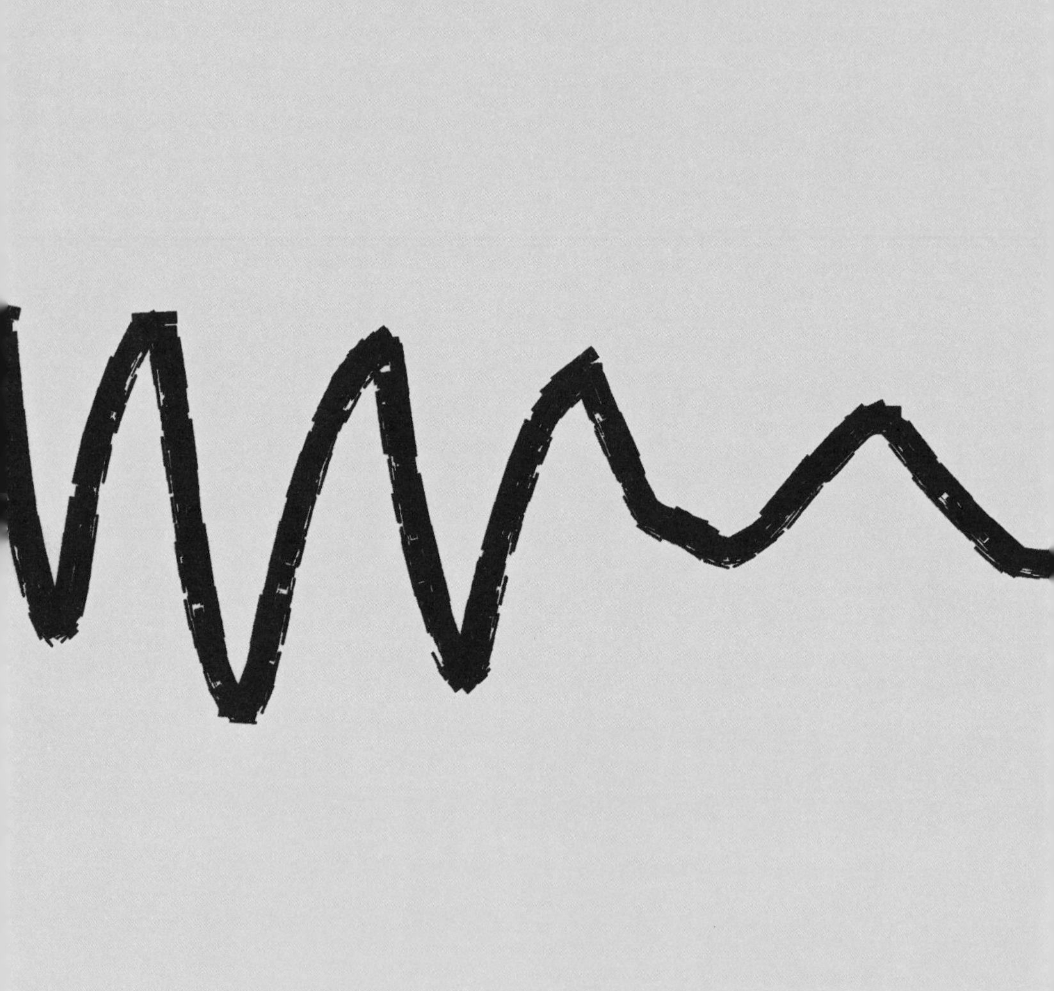

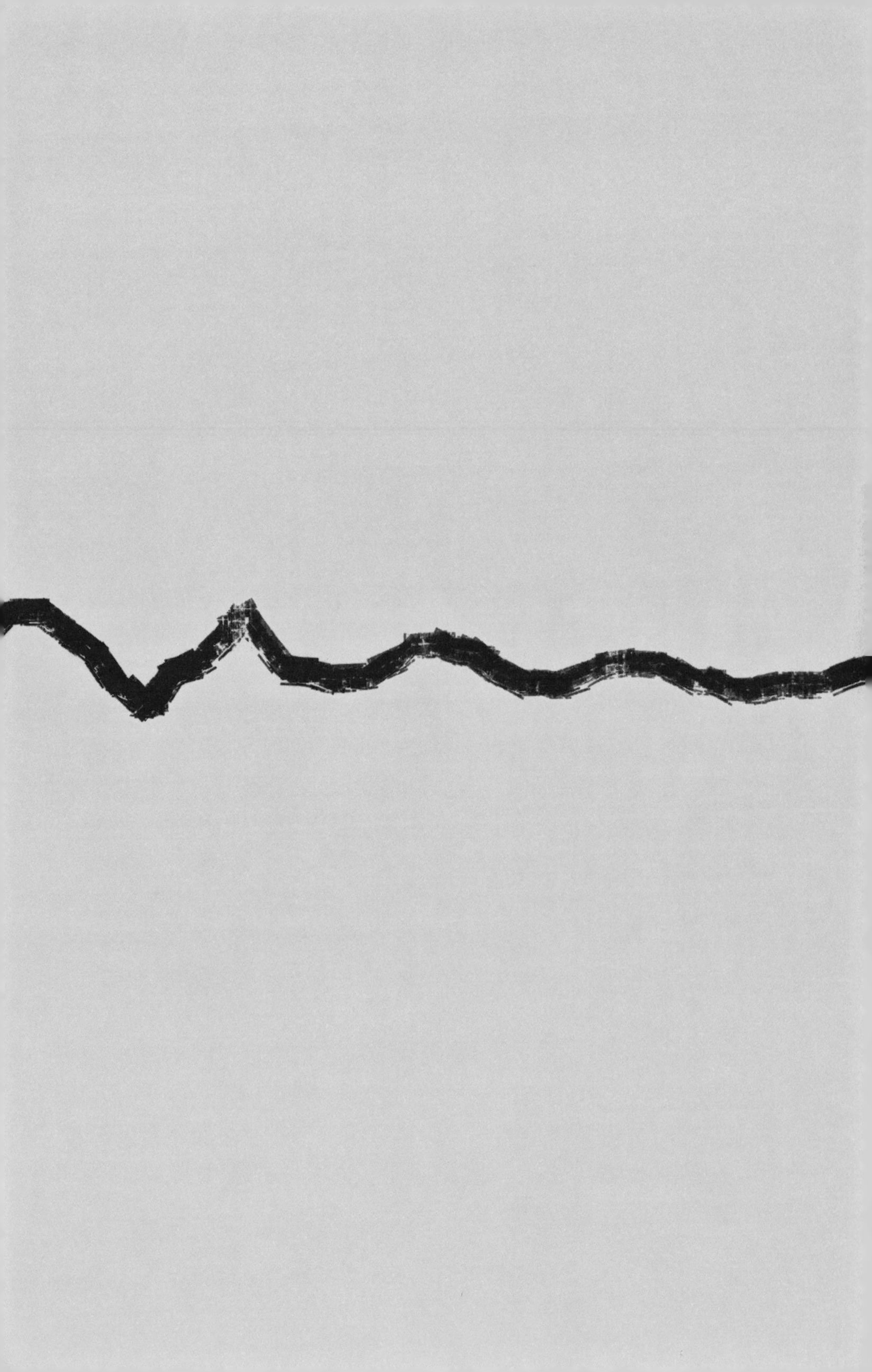

CAPÍTULO 5

EU PODERIA TER FEITO MELHOR????

AMANDA TINHA TOMADO MUITOS REMÉDIOS. Não os que ela tomava normalmente. Só depois sua mãe descobriu que ela pegava o *laptop* escondida. Entrava em *sites* onde outras garotos e garotas falavam em morrer. Suicidas. Foi num deles que ela descobriu como fazer. E fez. Como arrumou o dinheiro, conseguiu receber os remédios escondida... ninguém sabe.

Fez o que fez sozinha. Talvez, se tivesse falado tudo pra mim... ou pras amigas! Se tivesse dado uma chance pra gente... pra vida!

Foi um abalo. Falar em sumir não é o mesmo que tomar uma atitude concreta. Eu tive um sentimento tão estranho, uma dor...

FIQUEI PENSANDO,

EU NÃO PODIA TER AJUDADO DE ALGUM JEITO??

DEVIA TER CONTADO DOS CORTES???

PEDIDO AJUDA????

(HOJE ACHO QUE SIM, MAS NA ÉPOCA ACHEI QUE AMANDA PERDERIA A CONFIANÇA EM MIM.)

PODIA TER IMPEDIDO? PODIA, PELO MENOS, TER PRESSENTIDO?

Mas eu não sabia, simplesmente não conseguia entender, naquela época, seu desejo de deixar esse mundo. Eu mesmo já tinha tido vontade de fugir, de sumir. Mas não era algo concreto. Achei que Amanda... minha amiga Mandinha... ia superar aquela fase, a decepção, a tristeza. Mas agora era tarde demais. Eu sentia que podia ter feito algo melhor, e isso aumentava minha dor.

Seus pais preferiram não fazer um enterro com todos os colegas da escola. Estavam muito abalados. Houve uma cerimônia só para a família e para os amigos mais próximos. Minha mãe pediu licença meio período do trabalho. Fomos. Levei um ramo de rosa na mão. Amanda adorava rosas!

Eu acredito que a gente vai pra algum lugar e esperava que lá ela estivesse mais feliz.

Lembrava de seus olhos vazios. Ela se matou pela decepção? Pela pressão, pelo falatório na escola? Ou pelo amor?

Quando eu fiquei no meu quarto, pensando... remoendo tudo que tinha acontecido... permaneci sentado, com o tênis na mão, olhando os cadarços... meu irmão me deu uma bronca.

— Vai ficar aí, com essa cara? Segue adiante, Aleph.

Eu sabia que Ariel tinha tantos treinos, tantas esperanças... não compartilhava minha dor, refleti. Ou talvez só não quisesse demonstrar seus sentimentos. Conhecia Amanda desde pequena! Também podia estar escondendo o que havia dentro dele.

Todo pessoal da escola estava arrasado. Dan, que nunca foi próximo de Amanda, me mandou muitas mensagens no celular. Queria entender. Perguntava se eu, como amigo dela, não tinha percebido sua intenção. E eu não, não, não... Um suicídio abala a vida de todo mundo. Mesmo quem está distante quer compreender os motivos... afinal, o que realmente leva alguém a fazer isso? Eu mesmo me perguntei muitas vezes: "A vontade de sumir é igual? Eu seria capaz de dar um adeus também?".

Eu me sentia mal porque Ariel não se importava como devia. Só se preocupava com os treinos e com o campeonato. Eu quis puxar conversa. Ele não estava interessado em saber mais nada a respeito de Amanda. Eu não conseguia entender, meu irmão não podia ser tão ausente.

Uma noite, na hora de dormir, ele pediu para eu desligar meu *laptop*. Parar de trocar mensagens com os amigos. Doeu pra desconectar, porque estávamos falando de Amanda.

Eu não podia deixar tudo ficar assim.

Não tinha acabado. E não ia acabar até eu descobrir quem tinha provocado tudo aquilo. Por quem ela estava apaixonada, afinal?

Sempre dormi que nem uma pedra. Aquela noite, não consegui pegar no sono. Fiquei deitado, pensando na vida. Com um nó no estômago.

Foi quando ouvi Ariel. Chorava. Em silêncio. Mínimo ruído. Na penumbra, vi seu corpo sacudido pelos soluços.

CAPÍTULO 6

À MEDIDA QUE A DATA DA COMPETIÇÃO SE APROXIMAVA, ARIEL FICAVA MAIS TENSO. Diferente. A pressão do campeonato era muito grande. Quando eu entrava no quarto, frequentemente estava parado, olhando para lugar nenhum. Seus traços duros, com aquela expressão estranha. Assim que me via, Ariel mudava. Botava a máscara que eu também já conhecia. Falava alguma coisa divertida. Voltava a ser o Ariel de sempre. Eu falei em máscara por causa das que simbolizam o teatro. Uma é comédia, outra tragédia. Muitas vezes eu penso que as pessoas usam máscaras. Se mostram alegres quando estão tristes. É por isso que digo: Ariel usava máscara. Todo o tempo parecia alegre, contente. Muitas vezes eu percebia que por trás da alegria havia dor, tristeza. Tensão. Desculpe. Eu me enrolo quando começo a falar demais. Resumindo. Quando eu entrava no quarto, Ariel tinha uma expressão. Quando me via, mudava, como se usasse uma máscara de alegria.

A natação era sagrada para ele. Mas nessa fase, ele perdeu a hora duas vezes. Eu chamei, insisti. Mas ele dormia muito profundamente. Finalmente acordou. Já atrasado. O diretor esportivo do clube falou com papai. Reclamou de Ariel. Nunca havia acontecido antes. De noite, meu pai botou Ariel contra a parede. Mais uma vez, insistiu que essa bolsa era importante para o seu futuro. E para toda a família.

— Você não pode facilitar. Acha que os outros nadadores não estão dando duro também? Vai me decepcionar?

Ariel se desculpou. Alegou cansaço. Era muito treino, todo dia. Prometeu fazer um esforço extra. Realmente, tentou. Não perdia mais a hora, voava pro treino. Mas eu sentia que... não tinha a mesma chama.

Só não tive muito tempo pra pensar nisso. Óbvio, não ergueu mais um dedo para ajudar em casa. Justamente nessa época estava lotado de trabalhos de escola. E a rotina voltou a ser como antes, com Ariel nos treinos e eu dando duro no trabalho em casa e nas atividades da escola. "Eu mereço uma medalha!", pensava.

Demorei bem uns quinze dias para visitar a mãe de Amanda, após o enterro. Finalmente, fui até sua casa numa tarde.

De fora, era a mesma casa. Havia um muro de pedras escondendo o jardim. Olhando o muro, sempre igual, pensei que ninguém poderia adivinhar toda a tristeza que agora havia lá dentro. Toquei a campainha. A mãe de Amanda já me esperava. Abriu e me convidou pra entrar. Atravessamos o pequeno jardim. Meio abandonado. A grama alta, umas palmeiras raquíticas. A roseira com os galhos dependurados. O irmão de Amanda, de 7 anos, brincava com uma bola. Percebi que estava triste. Com certeza sentia falta de Amanda, das brincadeiras, do carinho. Sei que se adoravam. Dei um oi, ele respondeu, acenou de volta. Foi o único sorriso que recebi naquela visita. A tristeza pesava.

Na sala, ela perguntou se eu aceitava um suco. Disse que sim. Ela me serviu. Em seguida, contou que de todos os amigos de Amanda, só eu e Selma tínhamos aparecido.

— Selma veio alguns dias depois. Pensei que você nem vinha mais, apesar de você e Mandinha terem sido amigos de infância. Seu irmão não vem?

Contei sobre o campeonato. A intensidade dos treinos. Também falei sobre minhas tarefas domésticas.

— Sua mãe continua trabalhando no *shopping*, não é? Eu tirei licença... vou ficar dois meses afastada do emprego. Meus chefes foram muito compreensivos.

Ela fungou. Trabalhava numa imobiliária. Organizava as agendas, os anúncios... mas ultimamente a empresa estava operando com *sites*. Um colega de classe era filho de um corretor. Segundo soube, os funcionários mais antigos, como ela, seriam demitidos. Preferi não falar sobre o assunto. Era só uma informação que eu tinha ouvido, podia nem ser verdade.

— Seu irmão também era muito amigo da minha filha. Não faz muito tempo, eles foram tomar sorvete juntos. Eu deixei, por ser tão conhecido.

Estranhei. Não sabia que Ariel ainda via Amanda fora da escola.

Nossas famílias eram muito próximas quando a gente era criança. Depois que o irmãozinho de Amanda nasceu... temporão... a mãe dela estava sempre muito ocupada entre o trabalho, a creche e o bebê. Logo depois, minha mãe arrumou emprego. As famílias quase nem se viam mais. Só mesmo em situações especiais. Mas a amizade continuou imensa. Quando se encontraram no velório e, depois, no enterro, minha mãe e a de Amanda se abraçaram um longo tempo. Mamãe disse que estava à disposição, para o que ela precisasse.

— Eu vou ficar bem — garantiu a outra.

Sempre penso que as pessoas, muitas vezes, para serem polidas, não dizem a verdade completa. Mamãe não saberia o que fazer, a tragédia era grande demais para lidar com ela. A mãe de Amanda ia ficar bem? Ela não estava bem coisa nenhuma. Eu via a dor em seu rosto. Olhos encovados, de tão fundos. A boca que não sabia mais sorrir. Havia uma angústia, um desespero...

— Queria saber onde errei — disse ela. — Você que era amigo da minha filha... por que, por que ela fez isso? Fui eu que exagerei? Não soube compreender? Mas... é... tão absurdo!

Eu também me perguntava o tempo todo. Quando visitei Amanda, podia ter feito alguma coisa diferente? Tinha visto as cicatrizes em seus braços. Os cortes. Devia ter contado para sua mãe? Mas ela já estava tão deprimida. Não seria uma traição?

— Quando eu soube do vídeo dela na internet, fui muito dura. Castiguei. Dei pulos pra conciliar o emprego com os horários de entrada e saída da escola. Encontrei uma funcionária para cuidar da casa em horário integral pra ela não ficar sozinha. Não mais uma diarista como antes. Pesou nas despesas, mas fiz isso por ela. Acho que pressionei demais. O pai dela também. Ele ficou furioso. Disse coisas... melhor nem repetir. Agora ele bota a culpa em mim. Diz que eu devia ter percebido o que ia acontecer...

MUITAS VEZES EU TAMBÉM ME SENTIA ANGUSTIADO.

SOFRIA.

FICAVA PÉSSIMO,

MAS DISFARÇAVA.

ACHO QUE MEUS PAIS NEM PERCEBIAM.

OU SE PERCEBIAM NÃO DAVAM IMPORTÂNCIA.

MAS, AGORA, DEPOIS DE TUDO O QUE TINHA ACONTECIDO,

EU SABIA QUE NEM SEMPRE A GENTE TEM NOÇÃO DO TAMANHO DO SOFRIMENTO DO OUTRO.

A gente tem vergonha de demonstrar dor. Esconde. Mesmo quando estou mal, não demonstro. Fico quieto no meu canto. Mesmo porque... muitas vezes nem eu sei por que estou mal. É que sinto um vazio. Uma tremenda falta de não sei o quê. Tinham falado tantas coisas, mas a verdade é que ninguém sabia o que se passava no coração de Amanda.

— Ouvi falar muita coisa. Mas como foi que aconteceu de verdade? Eu sei que ela se trancou em casa, não queria sair...

— Ela andava estranha. Depois do escândalo, acabou parando de ir à escola. Chorava. Mas eu até achava que era bom, que ela devia sentir culpa... por ter se exposto naquele vídeo. Sabe, me arrependo tanto disso!

— Parece que o namorado dela tinha prometido não mostrar pra ninguém.

A mãe chorava.

— Eu acreditava que, por mais que sofresse agora, seria bom para pensar... aprender.

Ninguém tem ideia do que a gente sofre. Mas eu não disse nada, porque o sofrimento de cada um... é diferente. Não conheço muita coisa da vida. Mas isso eu já sei.

A mãe continuou entre lágrimas. Soluços. No dia em que tudo aconteceu, tinha acordado cedo, para ir ao trabalho. O marido, pai de Amanda, já estava pronto para sair também. Ela fez um café... arrumou o irmãozinho, que o pai ia deixar na pré-escola, a caminho do emprego...

— Achei que Amanda não tinha acordado. Bati na porta. E bati, bati, bati...

Não houve resposta. Só então, ela e o pai ficaram preocupados. Ele tentou arrombar a porta. Mas não é como nos filmes... portas não cedem facilmente. Ela teve a ideia de entrar pela sacada do quarto de Amanda, com uma escada que estava na garagem. (O sobrado tinha duas sacadas idênticas na frente, uma para cada quarto.) O trinco da porta da janela do quarto estava com um problema há meses. Foi fácil abrir. O pai entrou... Amanda estava caída na cama. Ele correu, sacudiu a filha. A mãe gritou:

— Amanda, Amanda. Abre a porta! O que está acontecendo?

Ele sacudiu seu corpo. Amanda estava viva, mas não reagia.

— Mas estava viva, viva! Foi isso que ainda nos deu esperança. Eu liguei imediatamente, o hospital mandou uma ambulância. Fui junto... desesperada.

Foi internada na emergência do hospital.

Tentaram uma lavagem estomacal. Tarde demais.

— O que ela tomou?

— Comprimidos para dormir, mas em uma quantidade absurda. Eu não lembro os nomes... são complicados...

Ela me encarou:

— Diz a verdade, eu preciso saber. Foi você que deu os comprimidos pra ela quando fez aquela visita?

Até me choquei com a desconfiança. Jamais faria isso!

— Eu não!

Ficamos um tempão nos olhando.

— Selma também garante que não foi ela. Mas como ela conseguiu? Esses remédios são proibidos sem receita médica.

— Tem muito esquema — eu disse. — Já ouvi falar até de farmácia que vende sem receita. Ela ficava em casa o tempo todo. Pode ter fugido para comprar algum dia.

— A funcionária teria me contado.

— Amanda pode ter saído escondida. Não passava o tempo todo no quarto? A funcionária de casa pode nem ter visto quando ela saiu!

A mãe concordou, arrasada.

— Ela pode ter saído sim, a funcionária cuidava da casa, das roupas, das refeições e de meu filho mais novo. Sempre muito ocupada.

Desabafou:

— Mas por quê, por que ela fez isso?

Eu não queria ser desagradável. Também não podia mentir. Falei do *bullying* na escola, depois que todo mundo viu o vídeo. Contei que os garotos... os rapazes... faziam propostas... diziam que Amanda era... facinha.

— Mas não era facinha, não. Foi o vídeo que criou essa fama.

— Eu imaginei que minha filha estava passando por dificuldades. Só não pensei que era tudo tão pesado, a ponto de ela querer tirar a vida.

Contei:

— Ela estava apaixonada. Apaixonada pelo carinha que jogou o vídeo na internet.

— Quem era?

— Eu não sei.

Ela ficou em dúvida se acreditava em mim.

— Mas se era namorado, todo mundo sabe.

— Eu não sei se namoravam, namoravam... só que se encontravam em segredo.

— Se souber quem é, diga — pediu com voz firme.

— Mas eu não sei.

— Queria muito falar com ele. Dizer... dizer que é... nem sei o que vou dizer... mas olhar pra ele... e pedir pra não fazer isso com nenhuma outra garota... não fazer alguém sofrer tanto, nunca mais! Sabe, ele também é culpado pela morte de Amanda. Talvez o maior culpado.

— Eu não sei quem é. Dou minha palavra, não sei.

Finalmente, ela acreditou. Pedi.

— Queria muito uma lembrança.

— Só um instante.

Abriu a porta. Olhou pra fora, verificou se estava tudo bem com o menino. Em seguida, me levou até o quarto que eu já conhecia.

Havia um monte de roupas sobre a cama. Explicou:

— Estou separando tudo que era de Amanda. Vou doar. Mas não aguento mexer nas roupas durante muito tempo. Bate uma tristeza, um desespero.

Chorou mais ainda. Eu toquei em seu braço, tentando ser gentil.

— Sinto muito, sinto de verdade.

— Eu sei que sente.

Eu queria algo especial. Que eu olhasse dali a muitos anos e recordasse nossa amizade. Lembrasse de sua gentileza... de quem era minha amiga Amanda. Logo vi o que queria. Não fazia muito tempo, a gente teve que fazer um trabalho, com tema livre. Para mostrar criatividade. Cada um teve uma ideia diferente. Eu fiz um bolo, que levei para a classe. Ficou massudo. Mas todo mundo comeu assim mesmo, porque bolo é bolo!

Amanda tinha feito dois bonequinhos. Um homem e uma mulher, sentados lado a lado em um banquinho, como um velho casal.

— Somos eu e você? — perguntei na época.

Ela sorriu e não respondeu. Quando éramos pequenos, diziam que um dia a gente ia se casar. Achei que ela pensou em nós. Agora os bonequinhos enfeitavam a mesinha... Ela deixava do lado do computador, quando teclava.

Pedi os bonequinhos. Seriam uma lembrança pra toda a vida. E se a gente tivesse namorado de verdade? Tudo seria diferente? Amanda estaria viva? Por um instante, olhei para os bonequinhos e tive uma sensação. Alguma coisa não combinava... Quando ela fez, eu não tinha reparado. Mas... Deixei a ideia passar. O importante era possuir a lembrança.

Fui para casa com um nó na garganta.

Nunca esquecerei do sofrimento de sua mãe. Não demorou muito tempo, os pais de Amanda venderam a casa. Mudaram de cidade. Ela perdeu o emprego, como eu sabia que ia acontecer. Não demorou muito mais (mas isso foi depois de tudo que vou contar), ela se divorciou. Foi morar com a própria mãe e o filho pequeno em outra cidadezinha. A última notícia que mamãe teve dela é que estava muito doente.

A MORTE DE AMANDA DESTRUIU A FAMÍLIA.

Eu também queria superar o choque.

Tentava entender, entender... A verdade é que também quis sumir tantas vezes! Evaporar. Mas... não, não sumir de verdade. Jamais. Refleti. Eu queria causar uma dor igual à que Amanda causou?

Por que, por quê? Por que ela fez isso?

Eu também queria saber quem era o namorado de Amanda.

Por causa dele, ela não quis mais viver.

CAPÍTULO 7

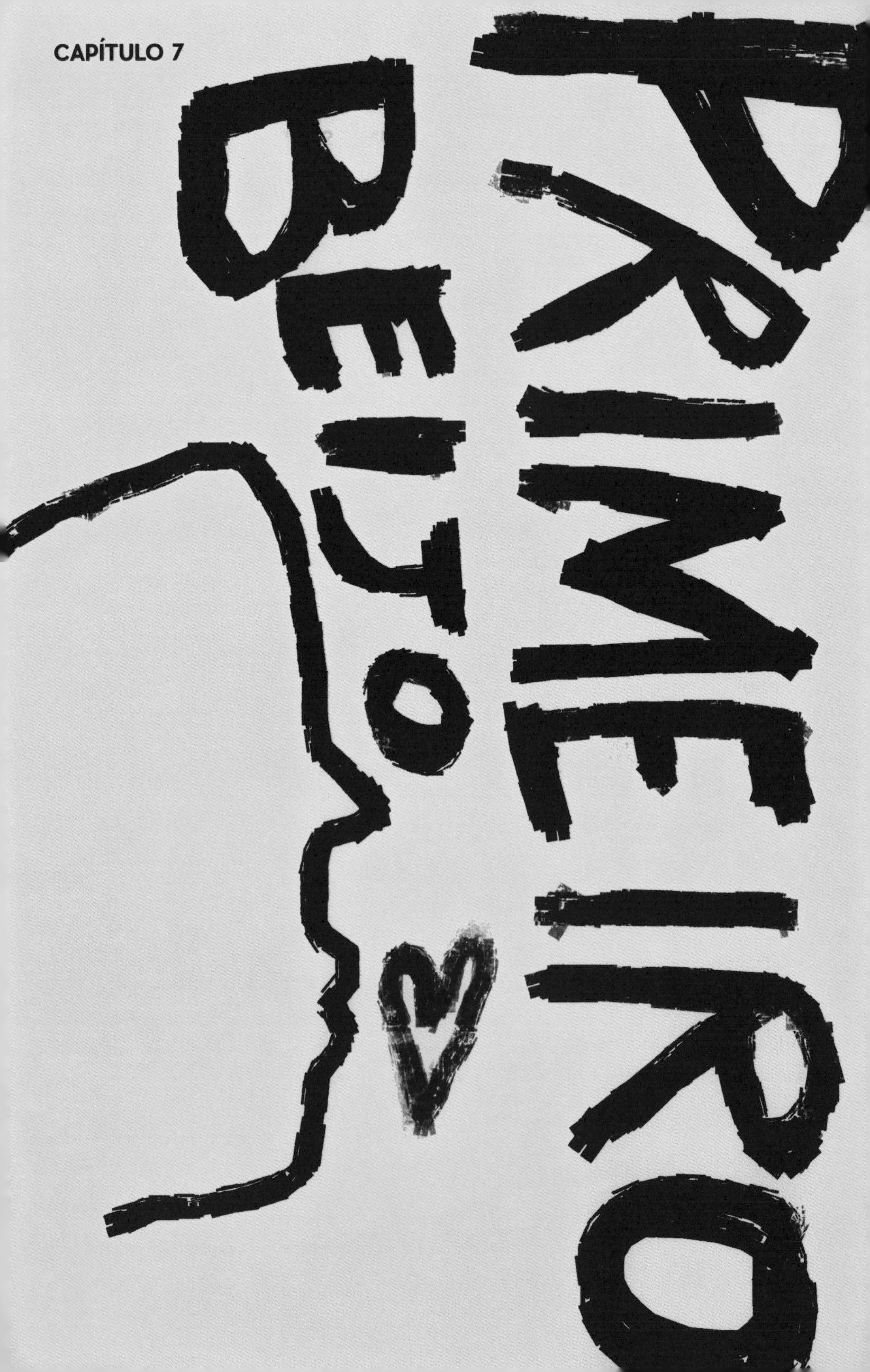

TINHA UMA GRANDE, UMA IMENSA, UMA SUPER NOVIDADE PRA CONTAR. Deixei de ser BV. Isso queria dizer que eu beijei, beijei! Já estava achando que era o último adolescente BV do universo. Meus amigos falavam e falavam de gatas incríveis. Eu me sentindo péssimo. O último BV do mundo! Sei que era um jeito superdramático de me comportar. Mas quando todos, absolutamente todos seus amigos contam vantagens, dizem que já beijaram, como iria me sentir? Tinha a sensação de que havia alguma coisa errada comigo.

Mas então, tudo mudou!

Muitas vezes, penso que a vida é como uma corrente. Os elos se encadeiam uns nos outros. Do mesmo jeito, uma coisa leva à outra. Eu estudava com a Selma há anos, na mesma escola. Tivemos os mesmos professores. Era uma menina pequena e mal-humorada que adorava jogar bola. Vou confessar: até me deu surras em várias partidas de futebol. Depois, ela se tornou a melhor amiga de Amanda. Embora a gente estivesse na mesma classe, era quase uma desconhecida. Minha impressão sobre ela mudou com tudo o que aconteceu com a nossa amiga. Foi a única que continuou leal até o fim. Mesmo depois que todo mundo fez a caveira de Amanda no colégio. Era quem visitava Amanda, ajudava nos trabalhos. Fez um esforço grande pra ela ter vontade de voltar à escola, como eu soube depois. Só ela foi à sua casa, falou com a mãe...

Inicialmente, a gente falava sobre Amanda. Para minha surpresa, ela também não sabia quem era o tal namorado misterioso.

— Mandinha achava que podia dar problema, se a família soubesse.

— Por quê?

— Nunca entendi.

Era alguém do colégio, com certeza.

De conversa em conversa, começamos a falar sobre a vida.

— Eu jamais faria o que ela fez — dizia Selma. — A gente é tão novo, tem tanto pra viver.

Confessei:

— Às vezes, me bate uma depressão... vontade de desistir... penso no que Amanda fez...

— Você nem sabe o que tem do outro lado. Pode ser muito pior. Também pode ser... nada... Você imagina, desistir de uma vida linda, maravilhosa... pra entrar na escuridão?

E terminou:

— Pensa também nos seus pais. As pessoas de quem você gosta. A mãe de Amanda perdeu o equilíbrio emocional... eu sei porque vi, ela ficou depressiva também. Você acha justo fazer isso com quem a gente ama?

Contou que tinha sofrido muito, por ser negra numa escola em que a maioria dos alunos era branca.

— Ouvi coisas horríveis. Até do meu cabelo. Hoje tenho orgulho dele.

Realmente, Selma usava tranças nagô. É um tipo de penteado lindo, mas difícil de executar. Até me envergonhei do que tinha dito. Selma, com certeza, tinha passado perrengues maiores que os meus.

"CADA UM SABE DA SUA VIDA", PENSEI.

"ENFRENTAR O RACISMO DEVE SER MUITO DOLOROSO, OUVINDO O QUE ELA CONTA,

TALVEZ EU EXAGERE, QUANDO RECLAMO DA VIDA."

O papo nos aproximou. Quando deram um trabalho em grupo, entrei no dela e arrastei o Dan comigo... Éramos eu, ele, Selma e duas amigas. Era um supertrabalho de pesquisa. Há uma árvore no Largo do Arouche, em São Paulo. Uma antiga seringueira. É uma árvore que dura muito tempo. Pode viver duzentos anos. A gente tinha que contar a história da árvore, mesmo antes da criação do Largo. Quando as ruas de terra da cidade de São Paulo eram ocupadas por cavalos, burros, carroças. A árvore foi crescendo. E se transformou em uma enorme seringueira. O trabalho era imenso! Não havia muitos dados sobre aquilo. Dividimos o grupo para a pesquisa. Eu e Selma ficamos com as roupas. Imaginamos as mulheres de vestidos compridos, as minissaias... fizemos um álbum de imagens. Em cada reunião do grupo, foi surgindo uma longa história, na qual a seringueira era o ponto central.

Eu e Selma pesquisamos muito na internet. (Nós ficamos com moda. Dan preferiu os transportes, uma menina com o comércio no entorno, e assim por diante...) Pesquisamos muito. Saímos também para olhar vitrines, ter ideias... acabou que tomamos sorvete, comemos sanduíches... eu soube que ela já tinha tido um namorado, mas brigaram porque ele queria mandar na vida dela.

— Um absurdo.

Concordei. Mas senti uma fisgada no coração. Que sentimento era aquele? Ciúme?

Só me senti melhor quando entendi que não era um super-romance. Só um namoradinho, que ela conheceu na festa de uma prima. Da outra vez que conversamos, quando ela foi falar do ex, eu disse:

— Eu não gosto quando você fala dele.

Selma ficou séria. Quis saber:

— Diz a verdade. Você era o namorado da Amanda?

— Não! A gente se conhecia desde criancinha. Nossas mães eram amigas... Selma, você acha que eu seria capaz de aprontar, de passar aquele vídeo pra frente?

— Eu não sei. Mas você é amigo do Dan, que é ás no computador. Podem ter feito isso juntos.

— Não me conhece?

Eu estava realmente ofendido.

— Não tem sentido achar que sou eu. De onde tirou essa ideia?

— Só pode ter sido alguém que ela conhecia bem. Alguém que encontrava normalmente, e ninguém desconfiava. Vocês eram amigos desde sempre... Ninguém perceberia se namorassem.

— Dou minha palavra. Não era eu. Sei que não me conhece tão bem. Mas minha palavra tem valor.

Ela ficou mais tranquila.

— Fiquei com tanto medo que fosse você... a gente tem conversado tanto, falado coisas legais...

EU NEM SEI COMO...
NEM ERA O MOMENTO...
EU NÃO TINHA PLANEJADO...
E DE REPENTE...

A GENTE SE BEIJOU.

SENTI SEUS LÁBIOS SUAVES,
O PERFUME DA SUA PELE...

EU ESTAVA TÃO SURPRESO QUANTO ELA.

Mas quando nos afastamos, prontos para falar, a mãe dela entrou. (A gente estava no escritório do apartamento de Selma, que na verdade era o antigo quarto de empregada adaptado. Mínimo.)

Foi só o tempo de respirar fundo.

— Trouxe um suco de laranja para vocês.

Agradeci, com o rosto queimando. Selma, mais rápida, pegou os dois copos. A mãe dela adorava trazer lanchinhos quando estava em casa. Era o tipo de mãe que gostava de fazer pão de queijo, bolo... Por esse motivo, toda vez que a gente tinha que estudar, eu preferia ir pro apartamento de Selma. Não só eu, todos os alunos do grupo! Uma vez ela fez bolo de canela. Já experimentou? Uma delícia. Depois do suco, me despedi. Tinha horrores para fazer em casa. Inclusive, dobrar a roupa de Ariel, que estava em uma fase ainda mais avançada dos treinos. Selma desceu comigo até a portaria. A gente não conseguia falar. Nem eu sabia o que falar, morto de vergonha.

— A gente se vê — ela disse.

— Certo.

Eu ia embora. Mas parei. As palavras saíram da minha boca como bolas de boliche.

— Amanhã eu podia passar aqui mais no final de tarde... pra gente sair, comer um sanduíche.

(Eu tinha minhas economias.)

— Tudo bem. Valeu.

— Combinado.

Amanhã era domingo. Dia sem aula. Ariel ia treinar, eu arrumar os quartos. Deixar tudo em ordem. Papai ia ficar que nem maluco no japinha. Mamãe direto na boutique. Eu estava livre!

Agora sim, respirei fundo. Tomei coragem e dei mais um beijinho rápido em seus lábios. Tipo beijo de despedida. No caminho, pensei em beijo, fiz uma teoria.

Beijo existe de todo tipo:

Beijo de oi, rápido, no rosto.

Selinho, bem rápido, pra cumprimentar ou se despedir. (Só quando temos intimidade.)

Beijo de repente, como a gente tinha dado. Sem querer querendo, com os rostos se aproximando. Beijo bom, beijo de quem se quer.

Beijo de festa, quando (já vi) duas pessoas grudam os lábios como tampões de pia, nem sei como conseguem respirar.

Beijo de amor, que os casais dão, se abraçando, com sentimento.

Beijo de paixão, quando (dizem) parece que uma fogueira toma conta do corpo.

Beijos de cinema, de séries, de telenovelas, bem exagerado, quando o casal se abraça que nem dois caranguejos.

E muitos, muitos outros beijos.

Beijo que eu ainda queria dar. Um dia.

Mas na real?

Tinha que comemorar.

Deu vontade de sair na rua correndo e gritando.

Tinha deixado de ser BV. Eu me sentia imensamente feliz. Já sabia o que era um beijo.

E me sentia imensamente feliz.

Melhor ainda.

Eu a convidei pra sair e ela aceitou, não aceitou?

Agora eu tinha uma namorada! De um ser abandonado, uma espécie de besouro jogado num canto, de patinhas pra cima, eu tinha me transformado em um ser especial, um príncipe!

Quem mais namorava, entre todos meus amigos? Fora o Arthur, que tinha a mesma namorada desde o berçário, e provavelmente se casaria com ela... ninguém mais!

SÓ EU, EU, EU!

SÓ EU TINHA UMA NAMORADA!

CAPÍTULO 8

QUE VERGONHA, COMO SOU RIDÍCULO. Do jeito que escrevi, dá a impressão de que eu queria uma namorada, do mesmo jeito que meu irmão buscava um troféu de natação. Se a Selma lesse ia ficar bem chateada. Eu contei que senti uma fisgada quando ela falou do ex? Eu tinha outros sentimentos também. Sempre que estava perto dela, vinha um encantamento. E o beijo? Não foi simples assim como eu contei. Quando meu rosto foi se aproximando, eu tive uma sensação especial. Como se o rosto dela fosse a única coisa que importasse no mundo. Eu nem conseguia acreditar que a gente estava se aproximando.

Descobri que o mais importante não era o beijo pelo beijo. Nem deixar de ser BV. O beijo era um laço. Como se a gente dissesse:

— Agora estamos namorando.

É isso que tornou aquele momento tão especial. Eu não tinha mais medo do meu sentimento, porque era correspondido. Sabia que podia ligar pra ela, perguntar como iam as coisas. Dizer se estava triste. Ou alegre. Perguntar dela também.

Eu já queria dizer: "eu te amo!". Mas, apesar do amor, sentia uma timidez, ficava sem jeito quando nos encontrávamos. Ainda não tinha fôlego para isso!

A gente não escondeu o namoro. A notícia voou.

Meus amigos acharam o máximo. Na opinião de Dan, Selma era das mais bonitas da escola. Jonathas concordava. Dan me ajudou a encontrar umas fotos lindas de flores na internet. Todo dia eu mandava uma pro celular dela. Super-romântico. Selma adorava. Nas mensagens, me chamava de gato. Já viu? Era a primeira vez que alguém me chamava de gato na vida! O máximo pra quem passou a vida toda ouvindo elogios pro irmão. Embora, claro, nem quisesse me comparar com Ariel.

Falando em meu irmão, eu nem queria ter que me comparar ou ser comparado com ele sempre!

No colégio, na família, todo mundo tinha certeza de sua vitória.

— O troféu já é meu — ele dizia, muitas vezes.

Meu pai fazia questão de lembrar, sempre, que esse era um campeonato muito especial. Existem muitos que dão bolsas de estudo para o exterior. O mais comum, porém, é nas disputas de esportes coletivos. Como vôlei. Futebol.

Esse seria um dos raros campeonatos com provas individuais, por categoria. Só o revezamento seria por equipe. Mas o grande prêmio era no nado livre. A modalidade de Ariel.

— Um campeonato igual pode demorar anos pra acontecer.

Alguns anos mais, e Ariel estaria fora do colégio. A não ser que se desenvolvesse como atleta, também estaria "velho" para competir. Aos 16 anos, tinha chegado na idade certa para ganhar a bolsa. Ser atleta no exterior. Quem sabe, campeão olímpico. Era uma chance enorme. Papai pressionava, mamãe era mais leve. Mas também dizia a Ariel:

— É A CHANCE DE TER UM FUTURO, FILHO.

A gente não tinha dinheiro. Em breve, Ariel não poderia se dedicar só aos treinos e à escola. Teria que trabalhar. Por enquanto, não sofria tanta pressão como ele. Não era atleta, não estava disputando um campeonato. Ninguém estava pensando em mim, na verdade. Só nas oportunidades de Ariel.

Ainda bem que eu estava namorando. Podia falar de todas as injustiças com Selma.

— Ninguém dá importância pra mim.

— Você tem muitos talentos. Seu pai que não está vendo.

Eu me sentia completamente perdido na vida.

Foi quando tive um trabalho muito legal pra fazer em casa. A professora pediu pra gente montar uma *ikebana* e desenhar. Eu não sabia o que era *ikebana*. Portanto, você também não deve saber. *Ikebana* é a arte floral japonesa. (Encontrei muitos exemplos, com imagens, na internet). Não é só juntar flores, como a gente faz nos vasos, aqui no Ocidente, mesmo harmoniosamente. Mas cada flor, ou galho, tem um significado. São composições. A ideia é trazer harmonia ao ambiente. Boas energias. Lindas *ikebanas* são feitas apenas com uma flor, um galho, um ramo. (Nem todo mundo na classe entendeu, e alguns vieram com uns buquês imensos).

Mas eu captei o tema. Fiz a minha usando o mínimo. Minha flor era um crisântemo, como é comum nas ikebanas japonesas. Só um. Mais um ramo, um galho quase seco... Pintei um quadro com uma aquarela que tinha ganhado num aniversário e estava abandonada. Não é para me exibir, mas ficou lindo. Sempre gostei de desenhar. Só nunca tinha me dedicado. A professora adorou, a classe toda achou o máximo e... dei de presente para Selma. A mãe dela também gostou muito. Disse que quem sabe eu seria pintor, um dia.

Resolvi pedir um bloco e mais tintas para meus pais. Houve uma negociação.

— O Ariel precisa de um tênis novo pra aparecer na competição. O dele está muito velho. Eu ia comprar um pra você também, mas se gastar o dinheiro em tintas...

Óbvio que eu estava louco por um tênis novo. Mas lembrei do entusiasmo de Selma... queria desenhar mais vezes. Enfim, negociei, topei ficar com o tênis velho de Ariel e fomos ao *shopping*. Mamãe deu uma fugidinha da butique.

Gastou uma grana no tênis de Ariel. Foi tudo o que ele queria: fashion, bombado. Da hora. Era caro. Aí fomos na papelaria, e mamãe reclamou muito do preço das tintas.

— O tênis foi muito mais caro.

— Mas é útil.

Como se pintar também não fosse! Nem abri a boca, sabia que não adiantava. Quando eu e Ariel ficamos sozinhos, depois de comer um sanduiche na praça de alimentação, tivemos uma ideia:

— Topa subir?

Na época em que papai trabalhava na loja de eletrodomésticos, a gente tinha passe livre no *shopping*. Inclusive nos andares de administração. Tinha um elevador menor, nos fundos. Se a gente descesse no quarto andar, bastava subir uma escadinha pra chegar no terraço. Você deve imaginar que o terraço de um *shopping* é um luxo. Até já foi. Certa época, tinha um restaurante lá, todo envidraçado. Uma vista incrível pra cidade. Mas houve problemas de administração e o restaurante não resistiu. Eu e Ariel resolvemos ir até o terraço. Subimos, escondidos. (Havia muitas placas de "proibida a entrada", "somente para o pessoal autorizado".) Bastou pegar o elevador. A escadinha estava abandonada. A porta no final poderia estar fechada. Só havia um cadeado com uma corrente, aberto. Saímos no restaurante abandonado. Mesas e cadeiras jogadas de qualquer jeito, algumas quebradas. Uma panela velha, que nem sei como alguém esqueceu. Teias de aranha.

— Aposto que tem morcego — comentei.

Ariel não me ouviu. Tinha saído para o terraço. Estava perto de uma antiga floreira, ainda com uns galhos secos. Olhou pra baixo.

Seu rosto rígido, como já tinha visto outras vezes. Exatamente como daquela vez que ouvimos nossos pais falando que seu nascimento tinha atrapalhado os planos de vida deles.

— Ariel.

Ele se virou para mim, com um jeito diferente. Nem parecia o mesmo.

— Estava olhando pra baixo — disse.

— Eu vi.

— Sabe, quando a gente olha assim... dá uma impressão estranha. Como... se... a altura atraísse.

Não entendi.

— Explica o que está dizendo.

— Nada... foi só um comentário. Sabe... duas pessoas já se atiraram daqui de cima.

— Não, Ariel... eu não sei de nada...

— Você era muito criança na época. Sou o mais velho, esqueceu? O pai comentou com a mãe, foi antes de ele perder o emprego... eu ouvi tudo. O primeiro foi um cara desempregado... diz que tinha até diploma, mas não conseguia sustentar a família... ficou desesperado.

— E o outro?

— O pai contou que era um rapaz novinho... acho que mais ou menos da nossa idade, ou um pouco mais.

— Tão novo.

Seu rosto se fechou.

— Amanda também era novinha. Eu li que muitos jovens se matam, acho que porque a vida é tão difícil.

— Você nunca fala da Mandinha, Ariel.

— Deixa pra lá. Eu soube que esse rapaz... se matou por amor. Disseram que estava apaixonado. Não suportou quando sua amada disse que gostava de outro.

Suspirei.

— Eu não contei ainda pra você, Ariel. Toda a turma já sabe. Estou namorando.

— Que bom. Quem é?

— A Selma, que era muito amiga da Amanda.

— Estou surpreso... ela nunca falou...

— Do quê?

— De alguma coisa que Amanda tenha contado. Uma explicação.

— A gente só sabe o que todo mundo sabe. Amanda estava namorando, mas ninguém sabe quem. Até penso que ela também morreu de amor, como o rapaz que se atirou.

O rosto de Ariel se transformou. Ficou como uma tela vazia. Eu costumo chamar de "cara de paisagem". Só que era uma paisagem tensa, como alguns quadros escuros e triste que já vi algumas vezes. Ficamos em silêncio. Instantes depois, ele mudou de assunto.

— Sabe essa porta no alto da escadinha? Era sempre trancada, por causa das pessoas que se atiraram.

— Por que será que não é mais?

— Sei lá. Teve o restaurante... nunca mais ninguém quis se atirar, e acabaram deixando pra lá. Mas, sabe, o restaurante tinha um segurança no terraço. Pra ter certeza de que nunca mais ninguém se atiraria. Mas agora...

Olhamos em torno. O terraço estava abandonado. Sem cuidados. Ninguém mais se importava com ele, nem imaginava que alguém poderia se atirar. Ariel olhou para baixo, novamente.

— Ariel, está ventando. Eu não quero pegar um resfriado...

Ele olhou de novo para baixo, pensativo.

— Você vai ganhar, Ariel. Todo mundo sabe que vai. Está se esforçando tanto...

— Vou?

Era estranho ouvir meu irmão falar assim. Mas, de repente, ele respirou fundo, voltou a ser o mesmo Ariel de sempre. Deu uma risada.

— É claro que vou. Eu tenho que ganhar.

Ariel saiu na frente. Fui atrás. De brincadeira, ele pegou o elevador primeiro. Desceu, enquanto eu corria para entrar. Só o encontrei na saída, rindo, segurando a sacola com o tênis novo.

Era meu irmão de sempre. O irmão vencedor.

CAPÍTULO 9
A COMPE-
TIÇÃO

— VOCÊ TEM QUE PENSAR EM VOCÊ! — RECLAMOU SELMA.

Nas duas últimas semanas eu tinha abandonado tudo. Nem terminei minha parte no trabalho de grupo. Selma foi quem concluiu nossas pesquisas. Pintei só um pouco em casa. Em segredo, nem mostrei a ninguém. Ariel treinava o dia todo e eu — mamãe foi muito clara — tinha que contribuir ao máximo para o sucesso de meu irmão. Muitas vezes, de noite, eu botava suas roupas na máquina de lavar e secar. Quando mamãe chegava, só dobrava e arrumava. Ariel? Se estivesse em casa, não mexia sequer um dedo. Meus pais apoiavam. Segundo acreditavam, tinha que guardar as energias. Fiquei sobrecarregado. Além das aulas, eu tinha a escola, as provas... e a vontade de desenhar e pintar. Fui deixando de lado tudo o que queria, tudo o que era importante para mim.

Na real. Ariel sempre foi "descansado" com os trabalhos domésticos. Até pra preparar as próprias saladas era preguiçoso, e, se podia, deixava a tarefa pra mim. Como já contei. Agora, não queria nem saber. Eu suspeitava que, depois de ganhar o troféu, ia se dedicar menos ainda. Se é que era possível.

Selma foi muito legal. Não brigou comigo, propriamente. Mas me incentivava a pensar em mim mesmo.

— A natação é dele. Se ganhar, a bolsa é pra ele.

— Para meus pais, é tão importante.

Seria a salvação da família, no futuro, acreditava mamãe. Ainda mais se ele fosse campeão olímpico.

— Campeão tem muitos patrocinadores — contou Ariel. — Ganha fortunas.

Sou meio aéreo, mas Selma não.

— Ele nem ganhou o troféu e já está pensando nas Olimpíadas?

Eu andava tão cansado! Mas fazia tudo que me pediam!

Não duvidava que meu irmão fosse ganhar. À medida que o início do campeonato se aproximava, o grau de entusiasmo em torno da gente aumentou. Vovó ligava do interior, dizendo que ia fazer promessas para uma santa. Os amigos de papai já comemoravam a vitória. Ariel ganhou passe livre nos bares e restaurantes do clube. Só se controlava para não comer muito, não perder a forma. Só Selma insistia: "pense em você, também".

Cheguei a pintar um vaso de flores de maio — justamente o que quase deixei morrer na área de serviço. Agora renascendo! Ficou legal, mas ninguém da família prestou muita atenção.

— Pintura não dá futuro a ninguém — disse papai.

— Li que grandes pintores ficam ricos!

— Só um ou outro. Você tem que encontrar uma profissão segura. Ter um plano de vida.

Eu não sabia se queria realmente ser pintor, mas queria experimentar. Conhecer. O exemplo de Ariel, porém, era muito forte.

— VEJA SEU IRMÃO
— DIZIA MAMÃE.

— ESTÁ COM O FUTURO GARANTIDO,
POR CAUSA DA NATAÇÃO.

ELE JÁ ENCONTROU SEU LUGAR NO MUNDO!

Eu sentia um aperto no coração. Não tinha um plano concreto pro futuro. Meu irmão já sabia quem ia ser, o que ia fazer. Eu, por enquanto, só tinha vontades. Uma noite, no quarto, conversamos antes de dormir. (Agora Ariel deitava muito cedo e eu não podia nem usar o videogame.)

— Você não tem namorada, Ariel?

— De onde veio essa pergunta, assim de repente?

— É que eu acho tão legal...

— Aleph, nem tenho tempo pra pensar nisso. Além disso...

— Além disso o quê... você gosta de alguém?

— Ah... você anda muito dramático. É porque está apaixonado. Mas até que você tem bom gosto. Ela é muito bonita. Já ouvi falar muito bem dela.

— Quem falou?

— Uma amiga.

— Nem sabia que você andava de papo com alguma amiga dela.

Ariel fechou o rosto.

— Deixa pra lá. Faz tempo.

— Não fica bravo, Ariel, só estranhei. Eu nunca vejo você com as garotas. Até estranho. Todas ficam a fim de você, dizem que é gato...

— Eu não quero me prender.

— Mas é bom gostar de alguém...

— Está mesmo ligado, Aleph!

— Ligadaço. Eu gosto da Selma... Já fui na casa dela, a mãe dela sabe que a gente tá junto. Aqui em casa é que nunca falei nisso, porque a gente nunca mais teve chance de conversar em família.

Ele riu.

— Só falam de mim, certo?

— Verdade. Tudo é sobre você.

— Tem ciúme de mim, Aleph?

— CIÚME NÃO. SÓ QUERIA UM POUCO MAIS DE ATENÇÃO, ÀS VEZES EU ME SINTO...

Ariel sentou-se na cama. Falou seriamente.

— É TÃO ESTRANHO, ALEPH! EU VIVO PENSANDO QUE SERIA MELHOR SER VOCÊ.

— Ser eu? Impossível.

— Acha fácil ser a esperança da família?

Eu nunca tinha pensado sobre isso.

— Acordo cedíssimo todos os dias. Treino até ficar exausto. Depois treino mais um pouco. Às vezes, acho que nem vou conseguir sair da piscina, de tanto treinar. Tem também a série de exercícios para fortalecer a musculatura, flexibilidade. Às vezes tenho umas dores...

— Eu pensei que você gostava.

— Gosto, sempre gostei. Mas agora... está duro demais.

Calou-se. Sério. Seu rosto ficou fechado, áspero, como eu já vira outras vezes.

— Você quer largar tudo, Ariel?

— Nunca! Eu vou vencer, Aleph. Vou pegar aquele troféu.

— Eu sei que você vai, Ariel.

Ele esticou o corpo na cama novamente.

— Apaga a luz. Tenho que descansar. Dormir. Amanhã acordo às 5h, pra treinar.

Poucas vezes me senti tão próximo de meu irmão como naquela conversa. Foi bom falar da Selma. Queria contar mais coisas... que ela queria estudar Psicologia... que eu ainda estava buscando... mas já gostava de desenhar e pintar.

Tão cedo não houve tempo para outra conversa.

O tempo passou rápido. Seriam três provas, com intervalos semanais. A primeira, uma grande peneira entre todos os concorrentes. Depois uma segunda. Finalmente, a última... com os quatro finalistas. Dela, sairia o campeão. Meu irmão disputaria o 50 metros nado livre. Havia também outras categorias, como revezamento. As provas seriam realizadas em horários diferentes, em piscinas de vários clubes importantes. As primeiras seriam disputadas em piscinas de 25 metros, chamadas "curtas". A principal, numa de 50.

Não foi surpresa quando Ariel passou na primeira peneira. Foi o melhor de sua bateria. O entusiasmo em casa chegou ao auge. Explodiu quando ele venceu a segunda.

A terceira e principal seria de manhã, em um clube nos Jardins, um bairro rico da cidade. Papai faltou no restaurante. Levou Ariel bem cedo. Mamãe também faltou no trabalho, com permissão da dona da butique. Estava vestida como se fosse para uma festa, de salto alto, bolsa e seu cordão de ouro, que nunca usava. Quase me botou paletó e gravata. Protestei. Não tinha condição de usar terno em um campeonato esportivo! (Mesmo porque eu não usava meu paletó nunca, nem devia servir mais. Tinha sido feito para o casamento de uma prima, meses atrás.) Botei camiseta e tênis. Selma não conseguiu ir — eu mesmo só faltei porque a escola entendeu a importância do campeonato para minha família. Ela me enviou várias mensagens pelo celular, com coraçõezinhos voando. Torcendo!

Ariel ficou isolado com os outros atletas. Nós fomos para a arquibancada. Lugares ótimos, por sermos da família de um dos principais competidores. Tivemos que assistir à prova de revezamento, mas eu nem conseguia enxergar direito. O peito apertado, coração na boca. Mamãe nervosa. Pálida. Papai sério. Finalmente, foi anunciada a prova de nado livre.

Ariel e os outros quatro se posicionaram. Meu coração bateu forte.

Foi dada a largada.

Todos saíram nadando tão rapidamente, que era difícil acompanhar. A água vibrava com as braçadas. Um dos competidores logo ficou levemente para trás. Ariel e os outros três atravessavam a piscina em ultravelocidade. Lembram quando eu falei, no início do livro, que o tempo é relativo?

Aqueles segundos pareceram uma eternidade.

Foi por uma fração de segundo que Ariel perdeu.

SEGUNDO LUGAR.

O vencedor fez 22,90 segundos e Ariel 23,01 segundos. Diferença mínima. Mas provas de natação, soube depois, são decididas por centésimos, até milésimos de segundo.

O público aplaudiu, quando os três primeiros foram chamados ao pódio. O juiz anunciou o prêmio e a bolsa de estudos para outro nome. Não para Ariel.

Quem recebeu a medalha de segundo lugar foi seu treinador. Ariel correu em direção ao vestiário, assim que soube do resultado. Papai, mamãe, eu... nós fomos atrás dele.

Mas Ariel não estava em lugar nenhum.

Tinha desaparecido.

CAPÍTULO 10

ONZE CENTÉSIMOS DE SEGUNDO. Eu demoro mais que onze centésimos de segundos só pra abrir minha boca quando vou falar boa tarde. Mas esses onze centésimos de segundo mudaram nossas vidas.

Ariel sumiu do clube onde se realizava a competição. Voltamos pra casa. Papai de cara fechada, mamãe chorosa. Parecia que tinha morrido alguém. Eu também me sentia em uma tragédia. E os sonhos da família?

Quando chegamos no apartamento, ele não estava lá. Mamãe ligou para amigas, conhecidas, mães de amigos de Ariel. Para a coordenação da escola.

— Sumiu de vergonha— disse papai, indo para o quarto.

Mamãe foi atrás dele. Por trás da porta fechada, ouvi a discussão. Papai estava muito decepcionado. Botava a culpa da derrota no próprio Ariel.

— Ele não se dedicou como devia.

Mamãe defendia:

— Acordava cedo, não perdia um treino.

— Perdeu sim, o técnico da equipe até veio falar comigo!

— Não seja injusto. É normal tirar segundo, terceiro lugar...

— Normal, normal? E a bolsa? Ele perdeu, sei lá quando vai ter chance de ganhar outra.

— Quem sabe surge um novo campeonato...

— Não existe quem sabe. Já foi. Quando a gente ainda estava no clube, procurando Ariel, soube que um patrocinador já se interessou pelo vencedor. Eu pensei que.... a gente ia melhorar de vida... que ia dar uma virada. Foi uma decepção.

Anoiteceu. Nada de Ariel. Meus pais já pensavam em falar com a polícia. Relatar o desaparecimento. Mas então, ele chegou.

— Meu filho, onde você estava?

Não respondeu.

Nunca saberemos onde ele foi durante todo aquele tempo. Estava sem mochila (mais tarde contou que tinha sido assaltado), a calça rasgada. Tinha perdido o tênis também. (Justo o mais caro, comprado há tão pouco tempo!).

Pior que tudo, seu olhar estava vazio.

Papai não deu importância a isso. Já estava mais calmo, não brigou tanto com Ariel como teria feito há algumas horas. Mas disse:

— Tem que continuar treinando, Ariel. É difícil, mas pode surgir outro campeonato, com muitas vantagens...

— NÃO QUERO MAIS NADAR.

Ariel correu para o quarto. Fechou a porta.

— Para com isso, Ariel — insistia papai.

Através da porta, ouvíamos o choro e os soluços de meu irmão.

Estava chateado com Selma, também. Quando me ligou, e contei tudo, ela disse que não era uma tragédia tão grande assim.

— Ele é um bom atleta, pode vencer outras vezes.

— Selma, era a coisa mais importante do mundo pra minha família.

— Já pensou que é injusto até com o Ariel? Botar essa carga toda pra ele carregar.

Ultimamente ela andava assim, com mania de bancar a psicóloga.

— Você fala assim porque não é com você.

O clima em casa era de tragédia. Ela, no entanto, nem parecia dar importância.

— É normal perder um campeonato. Segundo lugar está bom.

— Selma, ele acabou com nossos sonhos.

— Seus sonhos, Aleph? Seus?

O clima pesou. Fiquei bravo. Mas adorava Selma. Dei uma fugida (não foi difícil, porque meus pais estavam calados, em frente à TV, assistindo sem enxergar. Imóveis como estátuas.) Eu e Selma fomos comer um lanche. Eu tinha uma graninha, acredite! No clima de entusiasmo e esperança, papai tinha se tornado generoso, inclusive comigo. Mas agora... sem os patrocinadores com que ele contava... Eu nem precisava ser um cigano para adivinhar: minha fonte de dinheiro ia secar. Já era. Selma também não tinha muita grana — mesmo porque vivia economizando pra cabeleireira. A tranças nagô ficavam lindas em seus cabelos crespos. Mas o penteado custava caro pra fazer!

— É um cabelo que valoriza a negritude — dizia ela.

Seus pais eram muito conscientes a respeitos dos valores negros. Apoiavam. Enfim... pelos cabelos, Selma abria mão de sanduíches, de tudo!

— Eu fiquei chateado com você no telefone. Queria conversar — expliquei.

— Vou ser sincera. Sua família ficou doida por causa desse campeonato.

— Era uma chance muito grande.

— Pro Ariel sim, com certeza. Mas não vai ser a primeira nem a última. Sei que tem orgulho de seu irmão. Mas tem que ter seus próprios sonhos, Aleph.

— Mas é que...

— Esse último mês você só falou no Ariel, Ariel, Ariel, no campeonato, no troféu... começou a desenhar, pintar e parou.

Eu me defendi.

— Desenhei umas vezes, tentei pintar... mas não dá tempo. Tenho tido muito trabalho em casa.

— Não vale. Não está certo. Trabalho, todo mundo tem que dividir. Mas seu pai e sua mãe botaram seu irmão num pedestal. Você também tem que ter chances... é pintor que você quer ser?

Pronto. Não estava mais chateado. Senti que ela me compreendia, me defendia. De uma coisa eu não tinha dúvida. Selma seria uma superpsicóloga.

— Eu estou gostando muito de desenhar, pintar, mas também quero aprender computação gráfica... sei lá... é tanta coisa pra descobrir...

— Mas tem que se dedicar.

— Tenho visto uns *sites*... mas tudo isso demora, não é como ganhar um troféu...

— Demora pra todo mundo, Aleph. Quer saber? Acho que seus pais botaram muita pressão no Ariel, talvez por isso ele não tenha ganhado. Que tal o clima em casa?

— Pesado.

— Está na hora de ficar do lado do Ariel.

— Eu sempre estive do lado dele.

— Pelo que conheço da sua família, por tudo que você conta... apoio ele não vai ter. Além disso...

— Além disso o quê?

— Às vezes, eu acho... que o Ariel tem umas coisas esquisitas...

— Coisas esquisitas? Meu irmão só é muito dedicado à natação.... fala o que quer dizer com isso. Fala!

— São coisas... não tenho certeza. Dá um tempo. Na hora de falar, eu falo.

— É alguma coisa que você sabe?

— Aleph, eu já disse. Quando tiver certeza, eu falo.

Voltei pro apê. Ainda bem que já tinha comido o sanduíche, porque não houve jantar. Ariel não saiu da cama. Papai queria conversar mais longamente com ele, mamãe achou melhor deixar pra outro dia. Quando fui dormir, o quarto estava escuro. O ar pesado, parecia possível cortar com uma faca. Havia uma atmosfera triste, negativa em torno de Ariel. Mamãe foi até ele, disse que devia tomar um banho. Ele virou o corpo para a parede, sem responder. Deitei, tentei conversar.

— Ariel, se quiser falar alguma coisa...

Percebi que estava acordado, mas não se mexeu.

No dia seguinte, não saiu da cama.

Papai foi falar com ele, logo cedo, antes de sair pro restaurante.

— Ariel... tem que retomar os treinos.

Meu irmão continuou em silêncio.

Minha mãe:

— Levanta, Ariel, tem aula... deixei um lanche.

Não se mexeu. Quando saí, ele continuava na cama.

Mais tarde, depois que cheguei da aula, ele não tinha se movido. De noite, papai insistiu em conversar. Ariel praticamente se arrastou da cama. Papai disse que Ariel tinha que continuar treinando. Ainda surgiriam chances. Botava muita esperança nele.

— Não quero mais nadar.

— Vai teimar nessa bobagem?

— Não quero, não quero.

— E todo tempo, energia, dinheiro que eu e sua mãe investimos?

Silêncio. Papai, enfim:

— VOCÊ É UMA DECEPÇÃO.

No dia seguinte, Ariel não se levantou também. Nem tomou banho.

— Avise sua mãe. Pode ser sério — aconselhou Selma.

Realmente, a situação de Ariel era muito estranha. Mamãe já tinha percebido. Chamou papai, e ambos se esforçaram para ele sair da cama.

— Eu não gosto de frescura — irritou-se papai.

Mas eu sabia que não era nada disso. Era mais profundo, mais pesado. Foram ao médico. Ariel iniciou um tratamento. Depressão. Minha situação, que já era ruim, ficou pior. Tive que voltar ao lufa-lufa. Agora Ariel estava doente, eu tinha que fazer o lanche dele, etc. etc. Também ajudava nos horários dele tomar os remédios. Sabe? Não me importei.

O rosto de meu irmão tinha perdido a cor. Seus movimentos, antes tão ágeis, tornaram-se pesados. O tom de voz neutro, sem o entusiasmo de antes.

Quis jogar energia positiva:

— Você é ótimo nadador. Pode ganhar muitos campeonatos.

— Não quero mais.

— Que você vai fazer, Ariel?

Ele permaneceu em silêncio. Depois, resolveu se abrir:

— Eu mereci. Não podia ganhar.

— Que história é essa?

— Eu fiz uma coisa horrível.

Eu tentei descobrir. Não podia imaginar o que Ariel tinha feito de tão horrível. A ponto de achar que merecia perder. Pior, pior! Se ele mesmo acreditava que não merecia ganhar, é óbvio que não ganharia nunca. Os onze centésimos de segundo a mais não eram fruto do acaso!

Também não queria ir às aulas. Mamãe conversou com a coordenadora. Ambas concordaram que era melhor ir devagar.

— O choque foi muito grande — disse mamãe. — Meu marido pressionava muito, acho que eu também. Ariel não suportou o peso das cobranças.

Ficou decidido que ele faria os trabalhos da escola *on-line*. Mas não fez. A situação ficou tensa. Papai brigava, discutia toda noite. De filho ideal, Ariel tinha se transformado num erro. Não pense que minha situação melhorou. Se eu abrisse a boca para dar palpite, também ouvia.

Quer saber de um clima péssimo? Era o de nossa família.

Mas continuei com os trabalhos domésticos. Era o jeito, ou a gente viveria num chiqueiro.

Arrumava as camas.

Foi assim que descobri. Havia uma mancha de sangue no lençol de Ariel. Isso me despertou. Prestei atenção: agora ele estava sempre de mangas compridas. Igual Amanda. Naquela noite, fiquei acordado. Na madrugada, quando pensou que ninguém via, Ariel foi ao banheiro. Fui atrás dele, devagarinho. Vi quando pegou uma espátula afiada... e fez riscos nos braços. Saía sangue. Eu me surpreendi porque, em seu rosto, havia uma expressão de alívio.

Mal dormi aquela noite. De manhã, tentei falar com ele. Fingiu.

— Ficou maluco? Está tendo pesadelos.

— Ergue as mangas.

— Você, dando ordem pra mim?

Recusou-se. Eu sabia que ele agora se cortava! Falei com a Selma. Ela se chocou. Disse que eu devia avisar meus pais. Como? Ariel tinha engordado uns quilos — nada exagerado, continuava com o corpo atlético — e papai teve um surto. Furioso, disse que ele jamais iria ganhar novamente, se continuasse assim. Que era uma vergonha, uma vergonha. Por fim, ordenou:

— Falei com o diretor do clube. Você tem dois dias pra voltar à natação.

Todos ficamos surpresos. Papai continuou:

— Pode voltar a treinar. Mas tem que se dedicar em dobro.

Como dizer, no meio de uma briga, que ele se cortava? Eu sei que devia ter contado, teria sido o melhor. Mas eu também não me sentia tranquilo, seguro. Papai insistiu.

— Tem que superar a vergonha.

Meu irmão não respondeu. Continuou sério. Depois, tentei falar com mamãe. Falei dos cortes.

— O Ariel não está legal. Nem sei se é bom forçar...

— Ele não pode ficar deitado em casa o dia todo, Aleph. Ainda mais agora, se está se cortando. Vou falar com o médico e com o terapeuta dele. Mas ele tem que aprender a reagir... quem sabe a natação...

— Eu acho... que ele pode estar no mesmo caminho da Amanda.

Ela teve uma reação muito forte.

— Não exagera, Aleph. Claro que seu irmão não está no mesmo caminho. Só entrou em uma depressão porque tirou segundo lugar.

— Mas e os cortes? — insisti.

— Tem certeza de que isso não é invenção sua? Já notei que às vezes você exagera muito. Ele pode ter se cortado sem querer.

Conversei com a Selma. Ela refletiu:

— Ele se culpa de alguma coisa muito pesada, Aleph.

— É porque perdeu o campeonato.

— Às vezes eu acho que tem a ver com a Amanda. — disse, pra minha surpresa.

— Selma... agora você foi fundo. Eu era o amigo da Amanda. É verdade. Eles se conheciam desde criancinhas. Mas nos últimos tempos mal se falavam.

— Tem certeza?

Fui para meu quarto. Observei bem os dois bonequinhos que Amanda deixou. Representavam eu e ela? Mas porque o boneco masculino tinha o cabelo mais loiro que o meu? Pensei, pensei...

— Ariel, você quer desabafar?

Jogando há horas, Ariel abanou a cabeça.

— Não enche.

Desligou o jogo. Virou de lado na cama.

— Ariel.

— POR QUE TODO MUNDO QUER EXPLICAÇÃO?

ESTOU FARTO, ALEPH, FARTO...
SABE, EU QUERIA SUMIR.

DESPARECER.

EVAPORAR.

Eu conhecia essas palavras! De quando eu mesmo estava na pior. Mas eu nunca quis sumir de verdade! Será que Ariel...

Adormeci muito incomodado.

Tenho um sono de pedra. Se não fosse tão pesado, talvez nem tivesse dormido. Eram tantas as ideias que voavam na minha cabeça! Uma explicação começava a tomar forma. Mas eu ainda estava juntando as pistas. Onze décimos de segundo. Uma braçada. Ariel perdeu por causa de uma simples braçada, quem sabe um momento de hesitação. Ou, quem sabe, quando um pensamento surgiu. Um pensamento de "não mereço...".

Acordei com um sentimento estranho. Para minha surpresa, Ariel não estava mais na cama. "Será que finalmente voltou pra escola?" Em seguida, pensei que ele pudesse ter voltado para o treino.

Não tinha tomado sequer um café. Nem comido. Bem, ele andava mesmo estranho. Fiz dois ovos mexidos. Comi com pão. Eu comia bem no café da manhã.

Estava em cima da hora. Mas, por hábito, fui arrumar as camas.

Do meu jeito estabanado. Mas era melhor meu jeito do que nenhum. Ariel, nos últimos tempos, não fazia absolutamente nada.

Quando puxei os lençóis de Ariel, uma espécie de carta caiu do meio. Se eu não desse um puxão tão rápido, talvez a carta tivesse se perdido no meio dos lençóis. E só a veríamos tarde demais, depois que tudo tivesse acontecido.

Havia, sim, uma carta.

"Ao Mundo"

Uma carta na cama, abandonada, era muito suspeita. Senti que estava em uma emergência. Emergência! Emergência!

Abri.

Ariel pedia perdão a nossos pais (mais uma vez!) por ter perdido o campeonato. Por não corresponder às expectativas de papai. Por ser "uma vergonha".

EU QUERIA GANHAR. EU DEI MEU MÁXIMO. SEI QUE ENVERGONHEI VOCÊS. PRINCIPALMENTE VOCÊ, PAPAI. MAS SABE... TODO MUNDO ACHA QUE SOU UM CARA LEGAL. SÓ QUE NÃO SOU. EU APRONTEI E ESTOU PAGANDO POR ISSO. DECIDI SUMIR, DESAPARECER. VOAR PRA FORA DESTE MUNDO.

UM BEIJÃO PRA VOCÊS DOIS E UM ESPECIAL PRO MEU IRMÃO. ALEPH, EU SEI QUE VOCÊ É MUITO MAIS LEGAL DO QUE EU.

EU NÃO MEREÇO ESTAR AQUI. O MUNDO NÃO TEM LUGAR PRA MIM.

ADEUS.

ARIEL

Tremi. Não havia dúvida. Ariel ia se suicidar. Dizia as mesmas coisas que Amanda. Se cortava... eu olhei para os dois bonequinhos e então... tudo que estava na minha cabeça se juntou. Agora eu tinha certeza do que tinha acontecido. Eu precisava falar com ele, as palavras pulavam na minha cabeça.

Mas falar... onde... onde?

Ariel tinha acordado cedinho, deixado a carta... e saído. Para onde? Sim, sim! Eu sabia que tinha a chave para encontrar Ariel. Era só me concentrar. Era meu irmão! Eu tinha que ter uma pista. Olhei o bilhete novamente.

A pista estava lá. Voar.

De repente, eu sabia onde Ariel estava! Saí correndo.

Eu sabia que ele tinha saído cedo. Mas o *shopping* só abria às 10h da manhã. Eram 9h35 (eu já tinha perdido, é obvio, as primeiras aulas). Saí correndo... voei para o metrô... Sei que em um filme policial eu pegaria um táxi. Mas o metrô atravessa o trânsito muito mais depressa. Desci pertinho do *shopping*.

As portas já estavam abertas.

Entrei. Disfarcei. Ninguém podia saber para onde eu estava indo. Peguei o elevador dos fundos. Fui até o quarto andar. Subi pela escadinha. A porta que levava ao restaurante abandonado estava aberta. Batia com o vento, o cadeado e a corrente, que já eram inúteis, agora estavam jogados no chão.

Corri para o terraço.

Ariel estava de pé, no parapeito. Prestes a se atirar.

CAPÍTULO 11

A VERDADE

— ARIEL! — GRITEI.

Surpreso, ele fez um movimento. Quase se desequilibrou. Se eu corresse e agarrasse suas pernas, poderia jogá-lo para dentro do terraço. Mas Ariel era maior, mais forte. Podia se jogar. E se eu gritasse?

— Como me encontrou aqui?

— Li a carta de despedida.

— Muito curioso, você.

— Ariel, você passa os dias deitado. Não tem mais vontade de fazer nada.

— Não tenho mesmo.

— Estranhei quando vi que você não estava lá. Fui arrumar a cama antes de ir pra aula. Achei a carta, vim correndo pra cá.

Nesse instante, lembrei que tinha avaliação de Matemática.

— Hoje eu tinha prova. Perdi.

— Mais uma pra minha conta. Não se preocupe, daqui a pouco não vou estar mais aqui pra atrapalhar.

— Você nunca atrapalha, Ariel.

— Explica como me achou aqui.

— Eu lembrei daquele dia que a gente veio no terraço. O jeito que olhava pra baixo. Falou que teve gente que se atirou... na carta falava em voar. Mas acho que mesmo que não falasse... eu saberia que estava aqui. Por que, Ariel, por quê?

Dei um passo em sua direção.

— Tudo isso por causa de um campeonato? Está certo, eu sei que o pai pega pesado. Mas tem tanto pai que pega pesado e nem todo mundo se atira de uma altura dessas. Eu entendo o pai. Ele botava muitas esperanças em seu futuro, na bolsa de estudos.

— Eu falhei.

— Veja... eu, às vezes, sinto falta de que ele bote esperança em mim. Pra mim também não é fácil, você é o filho preferido.

— Eu não.

— Como não, Ariel? O pai sempre batalhou pra você treinar, pra você ganhar medalha.

— Eu acho que ele nem gosta de mim. Você ouviu aquela vez, ele acha que meu nascimento foi um peso.

— Ele estava falando sobre a vida dele mesmo, como ficou sem estudar e perdeu as oportunidades. Foi um desabafo. Mas você é o orgulho do pai. Sabe disso.

— Não sou mais. Ele acha que eu ia ter um grande futuro. Que podia ser campeão olímpico. Mas eu perdi... perdi por onze centésimos de segundo!

— Ele já me disse que não presto pra nada.

— Disse?

— Foi quando eu tentei ser garçom e acabei com o terno de um cliente. Lembra? Deixei o molho cair no paletó.

Ariel riu.

— Você é malucão.

— Não foi por querer. Nem quando você perdeu o campeonato, eu vi o pai tão bravo. Aliás, você nem perdeu. Tirou o segundo lugar.

Dei mais um passo.

— Parado aí.

— Todo mundo gosta de você, Ariel. Na escola sentem sua falta. As garotas acham você lindo. Não pode desistir da vida por causa desses onze centésimos de segundo. Sei que entrou numa *bad*...

— Gostam de mim porque não me conhecem. Eu não sou o cara legal que todo mundo pensa. Sinto um vazio enorme aqui dentro, Aleph.

Mostrou o peito.

— EU TAMBÉM SENTIA ESSE VAZIO...

EU TAMBÉM JÁ QUIS SUMIR,

DESAPARECER...

MAS DESCOBRI...

SEMPRE TEM UM JEITO DE PREENCHER ESSE VAZIO.

— A vida não é que nem um conto de fadas. Você ergue a varinha de condão e fica bem!

— Pode ser que não... mas também tem alguma coisa mágica, que a gente pode descobrir. Estou desenhando, pintando... e sinto que tudo começa a se encaixar. Penso que vou ter um futuro... Estou namorando também.

— Eu destruí tudo que era bom. A natação e... ah, você não sabe o que aconteceu.

— Eu já sei, Ariel.

— Sabe?

— Uni os pontos. Você era o namorado secreto da Amanda.

Ele ficou mais sério ainda. Eu tinha acertado.

— Como... como sabe?

— Acho que a Selma também desconfia, me deu umas dicas... mas não tem certeza, senão teria me dito. Eu devia ter percebido antes. Os bonequinhos que ela deixou, formando um casal. Pensei que o bonequinho era eu, mas era você.

— Você queria namorar com ela, Aleph?

— Quando criança, a gente brincava que um dia ia se casar. Era mais coisa que as mães diziam. Mas depois ela cresceu... mais rápido que eu... eu sabia que estava namorando alguém. Por que o segredo?

— A natação, sempre a natação! O pai dizia que não era hora de eu namorar, sair... que tinha que focar, me empenhar. Eu tive duas namoradas e ele detonou! Eu e Amanda... a gente se conhecia desde pequeno, nossa família era amiga... A própria Amanda achou que era melhor segurar, pra mãe não exercer pressão... e a gente ter liberdade.

— Eu estranhei quando soube que foi tomar um sorvete com ela.

— A gente se via, e todo mundo achava normal por causa da amizade de infância. Não desconfiavam. Ou, se desconfiavam, não tinham certeza.

— Mas você gostava dela, Ariel? Gostava?

— Eu... eu amava a Amanda.

Fiquei surpreso.

— Então por que, por que você espalhou o vídeo dela?

— Não fui eu.

— Como não foi você? Não foi pra você... que ela...

— Foi, foi. Fui o maior vacilão, porque gravei. Só que um dia o Biel me encontrou, a gente fez umas pesquisas juntos... eu nem sei como, mas ele é ágil com o computador... achou o vídeo... copiou.

— Agora entendi. Vocês tiveram uma briga feia.

— Quando eu descobri que ele andava mostrando o vídeo... eu parti pra cima do Biel. Ameaçaram, se a gente voltasse a brigar. Ele ainda riu de mim. Fui vacilão, vacilão.

— Mas por quê...por que o vídeo?

— Eu e ela... a gente sempre se falava pela internet. Uma vez, depois de muita conversa... Amanda abriu a câmera e mostrou... Eu prometi não mostrar o vídeo a ninguém. Mas depois... tenho tanta vergonha, Aleph.

— Que você fez?

— Eu não mostrei, não mostrei. Isso foi coisa do Biel. Mas fiz chantagem com ela. Ela topou... certas coisas, para eu não espalhar o vídeo. Quando o Biel espalhou o vídeo, ela rompeu comigo. Nunca acreditou que eu não era culpado! Eu gostava tanto dela... e fui uma decepção.

— Ariel...

— Não continua. Fui nojento, não fui? Eu comecei essa história, mas não sabia onde ia chegar. Depois... nem a própria Amanda queria falar comigo. Se fechou. O vídeo espalhou...

— Até eu recebi, sem pedir.

— Ela caiu na depressão. Não conseguiu sair e...

— Agora entendo, Ariel. Tudo que aconteceu.

— Passei esse tempo todo com os sentimentos por um triz. Queria contar como feri tanto os sentimentos dela. Dizer que era culpado.

— O Biel também foi culpado.

Eu conhecia bem o Biel. Era o terror do colégio. Fazia *bullying.* Mexia com quem era gordo, baixinho, com quem não era atleta. Sempre quis ficar longe dele. Mas, também, não convivia com a turma de Ariel.

— Eu contei tudo para o Fernando.

Era outro amigo do Ariel. Também do grupo dos atletas da escola.

— Fernando disse que ia ser péssimo pra minha imagem se eu contasse o que aprontei. Que isso também contava pra ganhar a bolsa...

— Mas o campeonato ainda não tinha começado.

— Eu já sabia que ia acontecer. O pai também. Você só soube quando ficou oficial. Por isso treinei tanto nos últimos meses, mesmo antes das inscrições. Eu sabia que ia ter um grande campeonato... era o mais importante. Então, não contei pra ninguém... e ela nem queria mais falar comigo, porque me achava culpado... pelo vídeo.

— Não pode se culpar tanto, Ariel.

Sua voz ficou embargada.

— Será? Você tem bom coração, Aleph. Eu sou culpado sim! Eu podia... podia ter cuidado dela... O pior é que pensei na Amanda o tempo todo. Quando ela parou de comer, entrou em depressão, eu tentei pedir perdão, explicar de novo que havia vacilado, que não fui totalmente culpado. Mas ela não quis falar comigo.

— Eu fui na casa dela. Estava muito deprimida.

— Quando ela morreu, eu senti... nem sei explicar o que senti. Foi como se um raio tivesse caído em cima de mim... eu me senti tão culpado, tão culpado! Nem queria mais treinar, competir.

— Foi quando começou a se atrasar. Perdeu os treinos...

— O pai ficou em cima de mim. Eu voltei a treinar, mas... meu coração não estava todinho lá. Quando eu dava uma braçada, quando eu pensava na bolsa... eu dizia pra mim mesmo... não mereço... não mereço... não mereço que tudo dê certo pra mim.

Ficamos nos olhando em silêncio. Ele continuou:

— EU NÃO QUERO MAIS CONTINUAR AQUI. EU QUERO IR EMBORA. SUMIR. SUMIR.

Senti que ele estava prestes a pular.

Eu precisava de uma inspiração. As palavras foram saindo atropeladamente... mas consegui dizer o que sentia.

— Ariel, tem muita coisa na vida que é difícil voltar atrás... apagar. Você está se sentindo culpado pelo que fez pra Amanda. Sabe, eu acho que fez muita coisa errada mesmo. Mas, pense na gente! Se pular daí, que vai ser da mãe, do pai, de mim? Das pessoas que você gosta?

— Eu não sou tão importante assim.

— É, Ariel, é. Se alguma coisa acontecer com você, o que será de nós? Eu nem devia contar, não quero que se sinta mais culpado. Lembra da mãe da Amanda, do pai? A vida deles ficou destruída, depois do que ela fez. A mãe nunca se recuperou, tem no fundo dos olhos uma tristeza...

você quer causar a mesma tristeza pra mãe? E pro pai, que acha que você é um campeão, que acredita tanto em você? Como vai ser, se você desistir... de tudo? A vovó, que ama tanto a gente. Os amigos... todos vão ficar com esse sentimento ruim... de pensar que podiam ter feito alguma coisa. E eu...

— Você o quê? Eu sei que por minha causa sempre fica de escanteio, Aleph.

— Eu... eu te amo, Ariel. A gente não passa o tempo todo junto... mas você é meu irmão. Dividimos o mesmo quarto... outro dia... você roncou...

— Eu não ronquei.

— Às vezes você ronca de leve... mas fico quieto porque você acorda cedo pros treinos... boto o travesseiro na orelha... você me empresta o videogame... eu até faço seu lanche... e faço porque sou seu irmão. Não é por obrigação... mas é por amor de irmão. Ariel, se for embora, ainda mais assim... vai deixar um buraco.

Ele me encarava. Fez um pequeno movimento, seu corpo oscilou.

Dei mais um passo.

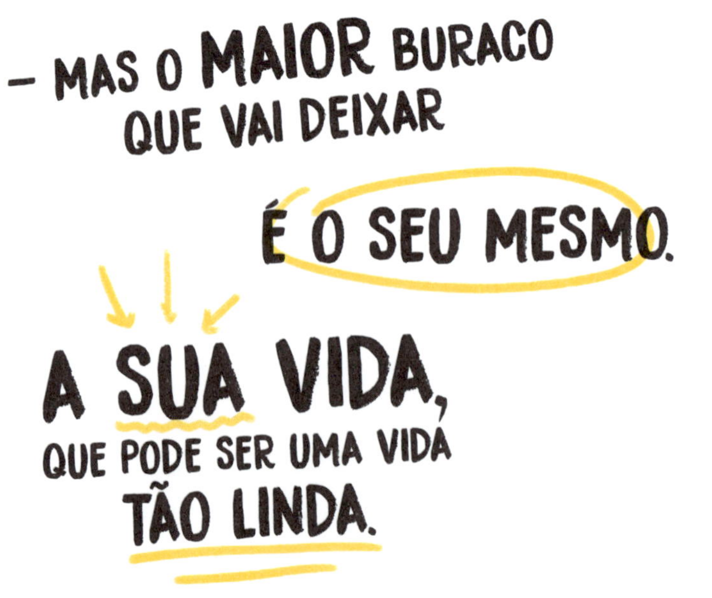

— Você aprontou, errou... mas não é morrendo que você vai se redimir, Ariel. É sendo um cara melhor. A gente nunca pode ser menos do que pode ser. Seja o grande sujeito que você é, meu irmão.

Continuamos nos olhando.

— Eu tive esse sentimento muitas vezes, já disse. De querer sumir. Mas... comecei a desenhar, pintar... e sinto tanta coisa boa. Sinto... harmonia.... Agora sei, eu vou encontrar meu lugar no mundo, Ariel! Você também pode encontrar... e tudo vai ficar bem.

Estendi a mão.

— Vem.

Ele ainda oscilou um instante. E me deu sua mão.

Saltou para o terraço.

— Vamos pra casa.

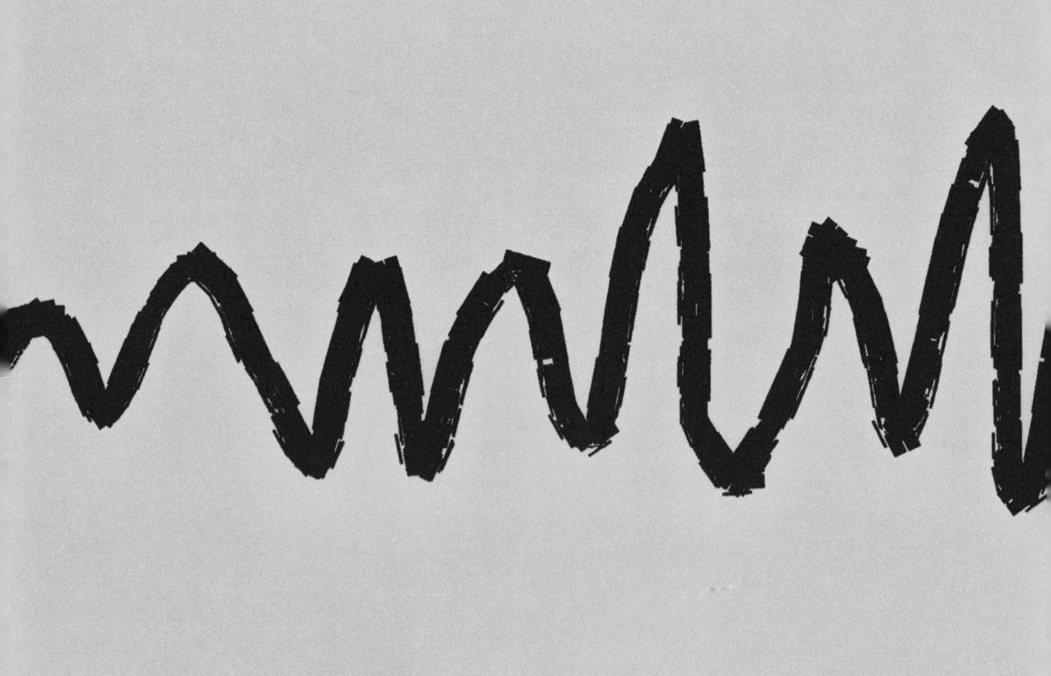

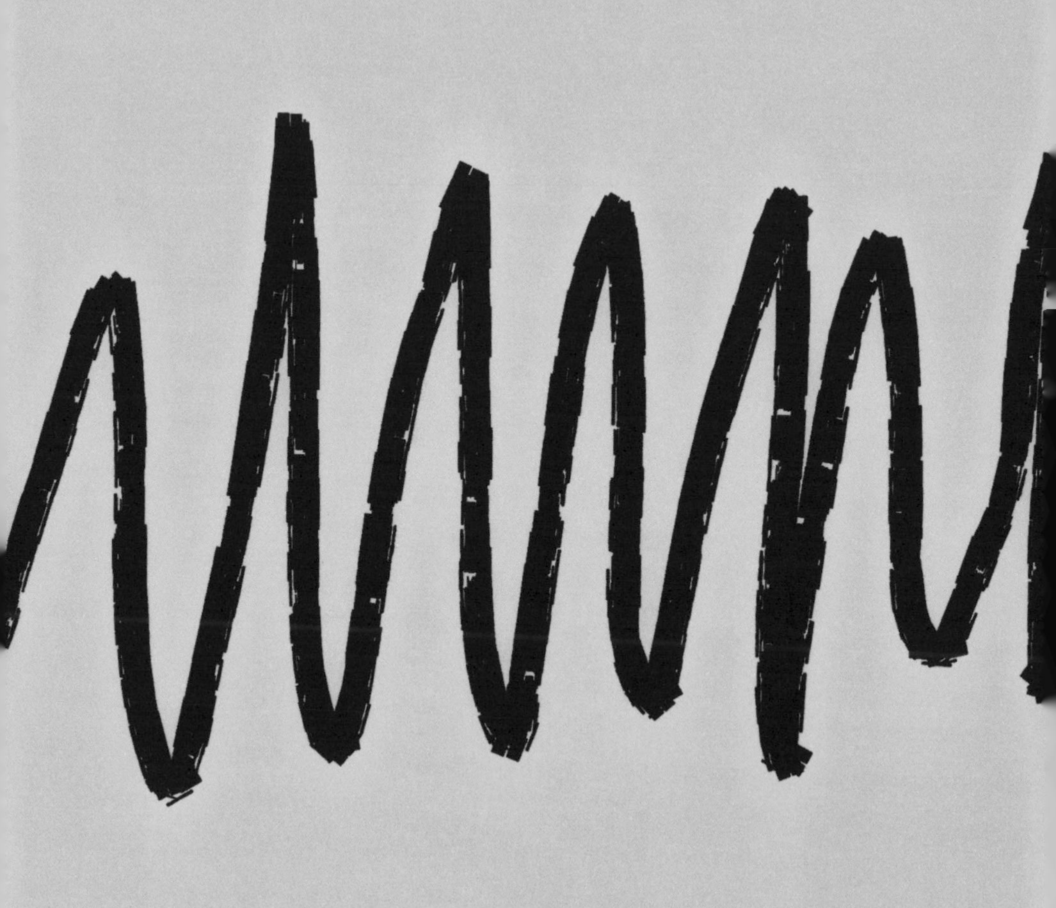

CAPÍTULO 12

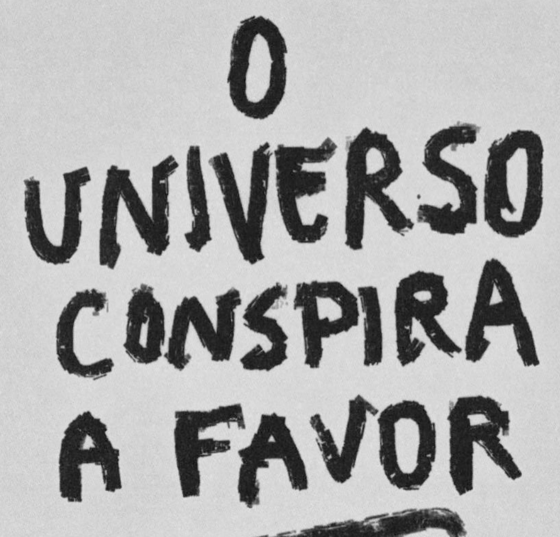

NAQUELE DIA TIVEMOS UMA LONGA CONVERSA COM PAPAI E MAMÃE. Ariel contou tudo. Mamãe pálida, fez meu irmão jurar que nunca pensaria em partir novamente. Papai ficou bravo, deu bronca. "Seria uma covardia. Só um covarde foge da vida." Mas também foi muito emocionante, e todos choramos um pouco. Papai reconheceu que estava forçando a situação. Mas Ariel também disse que estava revoltado... Querem saber? Foi uma lavação de roupa suja. Aproveitei para reclamar que não podia ficar com tanta coisa em cima de mim. Agora dividimos os trabalhos domésticos... Ariel recebeu sua parte, e está funcionando.

Ele continuou o tratamento pra depressão, e também tem consultas com uma psicóloga.

— Eu nunca vou ficar feliz com o que fiz com Amanda, mas estou aprendendo a me perdoar. A saber que mereço muita coisa na vida.

E... sim!

Ele voltou a competir. Inicialmente, estava um pouco desleixado com horários. Até levou mais um puxão de orelha do diretor do clube. Depois, recuperou a forma, voltou a ganhar. Talvez não surja uma competição que premie com bolsas de estudo. Ariel não tem certeza se vai ser atleta, ainda mais atleta olímpico. Mas quer ficar na área. Pensa em prestar Medicina. Quer se especializar em medicina esportiva.

Estou pintando sempre, sempre. Meu pai era contra no início, dizia que não era profissão. Pra minha surpresa, um dia apareceu com uma novidade. Haveria um curso de desenho e pintura no clube, e ele conseguiu autorização pra eu frequentar. Ou seja: meu pai diz que não, não, porque tem seu jeito de pensar a vida. Mas quando a gente é firme, ele mostra que torce por nós!

Penso que meu futuro é visual! É um futuro com cores, formas! Às vezes, a gente não sabe exatamente o que quer na vida, mas é... exatamente como um desenho. Os sonhos vão se definindo... e se tornam possíveis.

Eu e Selma namoramos até o fim do ano, mas a família dela mudou pro Rio de Janeiro. A gente continuou um tempo por e-mail, e todo tipo de mensagem eletrônica. Mesmo assim... eu sei que no passado os apaixonados mandavam cartas por navio e demoravam meses para receber a resposta... depois de anos, casavam-se.

Mas acho que o nosso tempo... é mais rápido... a gente se falava todo dia, e foi ficando sem assunto... aí de repente ela dava umas respostas curtinhas... eu senti... ela sentiu também... que era melhor ser amigo. A gente ficou um tempo sem se falar muito, mas agora está tudo bem. Tenho certeza de que um dia vamos nos ver, rir... e falar de coisas boas.

Às vezes dou risada, lembrando como sofria por ser BV. Agora tenho barba, bigodinho... tudo muito ralo, mas já está crescendo. As meninas já não me procuram só para perguntar do meu irmão. Ariel continua um atleta e as meninas ainda acham que é um gato. Mas eu... eu tenho minhas qualidades também. Outro dia até me disseram... que sou um gato também!

O mais importante é que agora não sinto mais aquela vontade de sumir. Nem Ariel. Estamos encontrando tanta coisa nova.

EU DO MEU JEITO,

ELE DO DELE.

MAS CADA UM ESTÁ ENCONTRANDO

SEU LUGAR NO MUNDO.

E quando a gente encontra um lugar no mundo, o universo inteiro conspira a favor!

POSFÁCIO

Por Vera Iaconelli

Com sensibilidade e pleno domínio da narrativa, Walcyr Carrasco traz à tona um dos temas mais oportunos e difíceis no que tange aos jovens em nosso tempo. Trata-se da superação de momentos de sofrimento, que só a maturidade lhes permitirá colocar em perspectiva. Se juntarmos a falta de experiência com a impulsividade própria das paixões adolescentes veremos quão perigoso podem ser algumas situações críticas.

A descoberta do próprio corpo, a comparação com os demais — que leva à sensação de inadequação —, o medo de amar e não ser correspondido, o medo da perda amorosa e de nunca chegar a ter seu valor socialmente reconhecido... Enfim, questões que conhecemos na pele por tê-las sofrido com maior intensidade na infância e juventude. Mas, para o jovem, o risco de dar cabo de tudo num gesto impensado não é negligenciável, e o autor acerta ao abordá-lo diretamente, pois sabemos como os números de suicídios de crianças são cada vez mais alarmantes.

Os desafios não nos abandonam ao longo da vida mas, superada a juventude, passamos a nos considerar mais aptos a encará-los, quando voltam a nos assombrar. Mas para isso, precisamos sobreviver a essa grande provação que é a adolescência, ritual de passagem que requer algumas ferramentas para ser transposto. Walcyr aponta como os colegas, os amigos e a família, ou seja, como os laços afetivos que nos cercam são condição necessária – embora nem sempre suficiente – para essa transição. Não há garantias, mas como o autor enfatiza ao contar um trecho tocante de sua vida privada, nossa aposta deve ser sempre no sentido do amor, do diálogo e da escuta incondicional daquilo que para o jovem pode soar como definitivo.

Tema que deve ser abordado com atenção e cuidado para sensibilizar e fazer refletir tanto os jovens, quanto os educadores e pais.

Vera Iaconelli é psicanalista, Mestre e Doutora em Psicologia pela USP, Membro do Departamento de Psicanálise do Instituto Sedes Sapientiae, Membro do Fórum do Campo Lacaniano SP, colunista da *Folha de S.Paulo*, fundadora do Instituto Gerar de Psicanálise e autora do livros: *Mal-estar na maternidade: do infanticídio à função materna* (Zagodoni, 2. ed. 2020), *Criar filhos do século XXI* (Contexto, 2019) e organizadora da Coleção *Parentalidade & Psicanálise* (Autêntica, 5 volumes, 2020).

AUTOR E OBRA

Walcyr Carrasco nasceu em 1951 em Bernardino de Campos, SP. Escritor, cronista, dramaturgo e roteirista, com diversos trabalhos premiados, formou-se na Escola de Comunicação e Artes de São Paulo e por muitos anos trabalhou como jornalista nos maiores veículos de comunicação de São Paulo, ao mesmo tempo que iniciava sua carreira de escritor na revista *Recreio*. Desde então, publicou mais de sessenta livros infantojuvenis, entre eles: *O mistério da gruta*, *Asas do Joel*, *Irmão negro*, *A corrente da vida*, *Estrelas tortas* e *Vida de droga*. Fez também diversas traduções e adaptações de clássicos da literatura, como *A volta ao mundo em 80 dias*, de Júlio Verne, e *Os miseráveis*, de Victor Hugo, pelo qual recebeu o selo de altamente recomendável pela Fundação Nacional do Livro Infantil e Juvenil. *Pequenos delitos*, *A senhora das velas*

e *Anjo de quatro patas* são alguns de seus livros para adultos. Autor de novelas como *Xica da Silva*, *O cravo e a rosa*, *Chocolate com pimenta*, *Alma gêmea*, *Caras & Bocas*, *Amor à vida* e a adaptação para televisão do romance *Gabriela, cravo e canela*, de Jorge Amado e recebeu o prêmio Emmy internacional por *Verdades Secreta*. É também premiado dramaturgo — recebeu o Prêmio Shell de 2003 pela peça *Êxtase*. Em 2010 foi premiado pela União Brasileira dos Escritores pela tradução e adaptação de *A Megera Domada*, de William Shakespeare.

É cronista de revistas semanais e membro da Academia Paulista de Letras, onde recebeu o título de Imortal.